Diogenes Taschenbuch 24612

AF196644

PHILIPPE DJIAN, geboren 1949 in Paris, ist viel herumgekommen. Er lebte in New York, Florenz, Bordeaux und Lausanne und wohnt heute in Biarritz und Paris. Auf einer Autobahnmautstelle, bei einem seiner Gelegenheitsjobs, tippte Philippe Djian sein erstes Manuskript. Sein dritter Roman, *Betty Blue,* wurde zum Kultbuch. *Oh …* erhielt 2012 den Prix Interallié und wurde mit Isabelle Huppert unter dem Titel *Elle* verfilmt.

Philippe Djian

Morgengrauen

ROMAN

Aus dem Französischen von
Norma Cassau

Diogenes

Titel der 2018 bei Éditions Gallimard, Paris,
erschienenen Originalausgabe: ›À l'aube‹
Copyright © Philippe Djian et Éditions Gallimard, Paris, 2018
Die deutsche Erstausgabe erschien 2020
im Diogenes Verlag
Covermotiv: Illustration von Frida Castelli
Copyright © Frida Castelli

Veröffentlicht als Diogenes Taschenbuch, 2022
Alle deutschen Rechte vorbehalten
Copyright © 2020
Diogenes Verlag AG
www.diogenes.ch
30/22/44/1
ISBN 978 3 257 24612 4

Joan wusch sich die Hände, als sie einen Schatten am Fenster vorbeigleiten sah. Nur für den Bruchteil einer Sekunde, aber sie war zurückgeschreckt.

Marlon, sagte sie, draußen ist jemand.

Sie sah zu ihm hin. Er hatte seinen Kopfhörer auf.

Es war schon seit einer Weile dunkel und nichts mehr zu sehen. Sie schaltete die Außenbeleuchtung ein und ging ums Haus. Alles war still und friedlich. Zuletzt zweifelte sie an dem, was sie gesehen hatte. Moss, der Hund, war mit ihr hinausgegangen und hielt sich ruhig an ihrer Seite. Sie dachte, sie müsse geträumt haben, wohl doch nur ein Schatten.

Es war Mai, wenige Tage zuvor hatte es noch geschneit. Mittags konnte man im T-Shirt unter blauem Himmel sitzen, abends fror man. Es war kälter als in der Stadt, das hier war schon Umland, mit vielen Bäumen, aber zwei Grad weniger.

Sie machte Marlon ein Zeichen, dass sie schlafen ging. Ihre Sachen hatte sie noch nicht alle ausgepackt. Sie konnte sich nicht dazu aufraffen. Sie saß auf dem Bett, ihre Gedanken kreisten.

Als sie am nächsten Morgen im Begriff war aufzubrechen, wurde sie von Sylvie angehalten, ihrer gegenüber wohnenden, hochschwangeren Nachbarin, die ihr erzählte, dass man einen alten Elch erlegt habe, der im Morgengrauen über die verlassenen Wege geirrt und im Nebel über die Kreuzungen galoppiert war.

Angeblich, na ich weiß nicht, grummelte sie, ich krieg davon Bauchschmerzen, diese Idioten, hätten sie den nicht einfangen und in den Wald bringen können, auf die Idee kommen sie nicht mal, und keiner sagt was, manche beklatschen sie sogar, nein, Joan, weißt du, mich macht das krank.

Ganz deiner Meinung, entgegnete Joan, setzte den Blinker und sah in den Rückspiegel, dann fuhr sie los.

Sie hatte sich an den neuen Weg noch nicht gewöhnt. Zwei Wochen zuvor hatte sie noch im Zentrum gewohnt und nur selten einen Fuß vor die Stadt gesetzt. Jetzt brauchte sie eine halbe Stunde, ganz zu schweigen von den Tunneln.

Sie machte die Boutique auf, die sie gemeinsam mit Dora beim Harvard Square führte, Vintage-

Kleider, Designermode aus zweiter Hand, ein bisschen Schmuck. Dora, mit ihren strahlenden fünfzig, kam nie vor Mittag, sie erledigte all ihre Telefonate vom Bett aus, dafür blieb sie bis Ladenschluss, so dass sich Joan am Nachmittag freinehmen konnte.

Sie kannten sich seit Jahren und arbeiteten ebenso lange zusammen, und konsterniert fragte Dora sie, wie wohl die Lebenserwartung in einem Vor-Vorort sei für eine junge Frau, die normalerweise auf hohen Absätzen und in kurzen Röcken unterwegs war und nicht in Latzhosen und Stiefeln mit Gummisohle. Joan lächelte bloß, blieb vage. Sie lebte sich gerade erst ein. Sie hatte seit der Beerdigung so viele dringende Dinge zu erledigen gehabt – und ein Ende war nicht in Sicht –, dass noch keine Zeit gewesen war, sich diese Frage zu stellen.

Vor kurzem hatten sie einen Schwung aus den Sechzigern in die Finger bekommen, erstklassige Teile, Abendkleider, die irrsten Blazer in hervorragendem Zustand, und Joan verbrachte einige Zeit damit, sie zu begutachten, auszupreisen, auf Bügel zu hängen, während sie sich zwang, an nichts zu denken – jetzt, so langsam, gelang es ihr.

Seit einigen Tagen stiegen die Temperaturen am späten Vormittag angenehm an, Spaziergänger bevölkerten die Ufer des Charles River, Professoren mit silbernen Schläfen hockten auf Rädern mit sportlicher Schaltung, Studenten lagen zwischen Eichhörnchen im grünen Gras, während andere, im Gleichtakt rudernd, wie Pfeile vorbeischossen. Hier und da schmolzen steinharte, kleine graue Schneehügel vor sich hin.

Dora war es, die ihr erzählte, dass jemand Blumen auf das Grab ihrer Eltern gelegt hatte.

Ich habe keine Ahnung, wer, sagte Dora. Sie hatten nicht nur Feinde, weißt du. Jedenfalls ist es ein schöner Strauß.

Joan zuckte leicht die Schultern.

Jetzt bedaure ich es, sagte sie. Ich hätte öfter vorbeikommen sollen. Ich hatte nur nicht das Gefühl, dass sie Lust hatten, mich zu sehen. Wir haben uns auseinandergelebt. Das beschäftigt mich die ganze Zeit.

Ich weiß. Aber wenigstens einen hast du glücklich gemacht.

Es läuft gut. Es fällt mir leicht, mit ihm zusammenzuleben. Aber es fühlt sich noch sehr neu an.

Sie würden sich freuen, wenn sie euch sehen könnten. Sie wären beruhigt.

Ich mach das nicht für sie. Ich muss mich nur besser organisieren. Er hat mir eine Liste gemacht. Er hat sie aufgenommen. Die geht über fünf Minuten.

Gordon hat ihn vergöttert. Suzan auch, natürlich. Aber er, er war wirklich verrückt nach seinem Sohn. Nachdem du weggegangen warst, hat er ihm seine ganze Liebe geschenkt. Es überrascht mich, dass Marlon keine Reaktion zeigt. Wirklich, mich wundert das sehr.

Er spricht nicht darüber. Ich spüre, dass er keine Lust darauf hat. Es ist wie mit allem anderen, er fragt nicht nach. Er tut, als wäre ich schon immer da gewesen. Er ist nur etwas pedantisch, aber das stört mich nicht groß. Ich lasse ihn das Haus bis auf den Millimeter aufräumen. Ich dachte, das macht ihm Spaß, aber das ist es gar nicht, er nimmt das sehr ernst.

Einmal, am späten Nachmittag, bei Sonnenuntergang, setzte sie sich zu ihm und sah ihm zu. Diese große Sorgfalt, die er an den Tag legte, in der tiefstehenden Sonne, das faszinierte sie. Er schien sich darüber zu freuen, dass sie sich für ihn interessierte.

Reicht es dir nicht bald, fragte sie. Also, ich habe die runden Dosen dahin und die eckigen dorthin sortiert. Ich hoffe, das ist in Ordnung für dich.

Er schüttelte den Kopf.

Es war noch warm, und sie fühlte sich schmutzig. Sie ging rasch unter die Dusche. Seit sie diesen Hitchcock-Film gesehen hatte, zog sie den Vorhang nicht mehr zu. Aber sie schloss die Augen, was auf das Gleiche hinauslief, der Tag hatte sie erschöpft. Sie schreckte auf, als sie Marlon in der Tür entdeckte, der große Augen machte. Sie zog lieber doch den Vorhang vor.

Sie war verwirrt. Während sie sich einseifte, fragte sie sich, was für ein Sexualleben er wohl führte. Sicher kein besonders gutes. Da konnte sie nicht viel tun, leider. Aber sie sollte darüber nachdenken. Es war noch ein wenig früh, um die Sache anzugehen. Sie durfte es nicht vermasseln. Sie schlüpfte in einen Bademantel und ließ ihre Haare draußen trocknen, in den letzten Sonnenstrahlen. Er hatte das Abendessen gemacht. Er war wirklich freundlich, die meiste Zeit. Es lief gut. Sie war froh, erleichtert, dass das Schauspiel, das sie ihm kurz zuvor geboten hatte, ihn nicht weiter beschäftigte. Er war sogar ganz süß. Es sollte nicht allzu schwierig sein, eine Freundin für ihn zu finden.

Mit Moss lief es auch gut. Der Hund hatte sie akzeptiert. Er liebte Marlon wie einen Bruder, aber Joan war seine Herrin geworden, eine Geste, ein Blick, und er gehorchte und folgte ihr überallhin. Jedenfalls fast. Am liebsten mochte er die Spaziergänge im Wald. Mittlerweile hatte Joan sogar selbst Spaß daran. Nach diesen vielen Jahren in der Stadt wusste sie etwas Natur zu schätzen. Zumindest für den Augenblick.

Bald können wir schwimmen gehen, sagte sie. Das Wasser sollte sich langsam aufwärmen. Ich hoffe, wir werden nicht zu viele Mücken haben.

Ich hab welche. Zitronenmelisse, ich hab welche. Kein Problem.

Ich hab mir ein paar Badeanzüge von Mama rausgesucht. Aber nur, wenn es dir nichts ausmacht.

Er zuckte die Schultern. Er hatte eine Erdbeertorte aus dem Tiefkühlfach geholt. Er hatte sich ein Stück abgeschnitten und biss hinein.

Wir müssten die Schwimmreifen wieder aufpusten, sagte sie. Ich weiß nicht, ob du dich an den Badeanzug mit den Streifen erinnern kannst. Sie trug ihn, als ich klein war. Da musst du fünf oder sechs gewesen sein.

Stört mich nicht, meinte er. Ist nicht wichtig.

Als sie mit ihren Tellern hineingingen, wurde es Abend. Dora kam kurz vorbei, um ihr Knöpfe zum Annähen und ein paar Spitzen zum Ausbessern zu bringen, für die sie selbst keine Zeit hatte, sie musste schnell nach Hause, um sich für einen Geburtstagsabend in Beacon Hill fertig zu machen, wo sie Leute treffen würde, die sie gern sehen wollte.

Der Mond ging auf. Sie ließ Marlon fernsehen und nahm die Kleider mit, um in Ruhe zu arbeiten.

Mitten in der Nacht klingelte ihr Telefon, sie schlief nicht. Es war Dora, sie rief von der Party an und wollte ihr einen Freund reichen.

Guten Abend, sagte eine Männerstimme. Ich heiße Howard.

Im Hintergrund hörte sie Musik, die Stimme war nicht unangenehm.

Guten Abend, Howard, antwortete sie. Ein hübscher Name.

Dora kannte ihn. Howard hatte ihren Eltern einmal sehr nahegestanden. Du warst aber schon lange weg, als sie sich kennengelernt haben, erklärte sie. Vielleicht bist du ihm später mal über den Weg gelaufen, er kam oft vorbei.

Sie hängten gerade die neuen Sachen ins Schaufenster, die Tür stand offen, nach und nach reicherte sich die Luft mit den ersten Ausdünstungen von süßem Frittiertem und Speck an.

Er ist gerade erst in der Stadt angekommen, fuhr Dora fort. Das mit den Blumen war er. So ist er.

Sie holte ein Foto aus der Tasche und reichte es Joan.

Das ist jetzt gut fünfzehn Jahre her. Wir stehen vor dem Walmuseum auf Nantucket. Howard ist der, der deinen Vater an der Schulter hält, kommt er dir nicht bekannt vor.

Joan schüttelte den Kopf. Sie hatte ihn noch nie gesehen. Sie würde sich an ihn erinnern. Er war eine Art Doppelgänger von Paul Newman.

Du musst ihn dir natürlich fünfzehn Jahre älter vorstellen. Aber ich finde, er hat sich gut gehalten. Ich hatte ihn eine ganze Weile nicht gesehen. Vielleicht hatte er früher etwas mehr Haare, das ist aber auch schon alles.

Es war fast dunkel, als Joan daheim ankam. Wegen eines Mädchens, das die Grippe bekommen hatte und schnell ersetzt werden musste. Obendrein zur Hauptverkehrszeit. Sie dachte an Marlon, der vermutlich zunehmend nervös im Kreis lief bei dem Gedanken, allein zu sein, wenn die Sonne unterging. So war er schon immer gewesen, sie konnte sich sehr gut daran erinnern. Noch heute schlief er mit Licht. Die Angst vor dem hereinbrechenden Abend, dem zur Neige gehenden Tag.

Als sie einparkte, wartete er am Fenster auf sie.

Herrje, Marlon, wie geht's. Ich wurde aufgehalten, weißt du.

Ich hab auf die Uhr geguckt, sagte er vorwurfsvoll. Ich war ganz alleine.

Es tut mir leid. Aber es ist ja noch nicht finstere Nacht.

Man kann sie sehen. Ich weiß, was ich sage. Da oben glitzert es.

Okay, Marlon, aber jetzt bin ich ja da. Hast du gegessen. Hast du Hunger.

Er schüttelte den Kopf.

Wer ist Howard, fragte sie.

Ihr war, als hätte sie ihm einen Eimer Eiswasser ins Gesicht geschüttet.

Du darfst nicht mit ihm reden, wimmerte er. Nein, nein, nein, nicht reden mit Howard. Nie wieder. Ganz und gar nicht gut.

Sie nickte und berührte ihn am Arm, er beruhigte sich fast umgehend, fixierte seine Füße. Er verfiel mit verblüffender Geschwindigkeit von einem Zustand in den anderen.

Sie wartete, bis er ins Bett gegangen war, um ins Kellergeschoss zu gehen. Hier stand ihr ganzes Zeug. Sie hatte es bisher nicht angerührt. Alles, was Gordon und Suzan über all die Jahre angehäuft hatten. Sie hatte keine Lust gehabt, sich damit zu befassen, geschweige denn die Zeit, es sich anzusehen. Nichts hatte seit dem Unfall seinen Platz gewechselt. Da waren noch die vollen Aschenbecher, die leeren Büchsen auf dem Schreibtisch, die aufgerissenen Kekspackungen. Da waren einige Möbel, ein Schreibtisch, Sessel, gestapelte Stühle, Plakate, Koffer, Kartons, Nippes, Zeitschriften, Metallspinde, das war ihr Hauptquartier, ihre Basis, ihr Königreich, mit Kühlschrank und Kaffeemaschine.

Sie hasste diesen Ort. Früher durfte sie hier nicht sein, höchstens, um auf Marlon aufzupassen, während die Erwachsenen in ihrem Schlupfwinkel beschäftigt waren, mit endlosen Diskussionen, ewigen Versammlungen, konspirativen Mienen. Erst musste die Welt gerettet werden. Ihre Tochter, die nahmen sie nicht einmal wahr. Jeden Tag setzte sie sich an ihren Tisch, aber sie war durchsichtig, ihre Eltern waren mit ihren Gedanken woanders, und wenn sie den Mund aufmachte, fielen sie aus allen Wolken.

Am Tag drang Licht durch schmale, mit Gittern versehene Fenster. Man musste auf eine kleine Trittleiter steigen, um sie zu öffnen und den Zigarettenrauch hinauszulassen, der wolkig an der Decke waberte, vor allem im Winter.

Die Computer waren immer noch angeschlossen. Ein feiner Staubschleier hatte begonnen, sich über den Raum zu legen. Sie zog einen Stuhl auf Rollen zu sich heran und setzte sich an den Schreibtisch. Erst jetzt wurde ihr so richtig bewusst, dass ihre Eltern vor zwei Wochen gestorben waren. Sie wusste nicht, wonach sie hier eigentlich suchte. Ach, doch, die Badeanzüge. Sicher war es das. Sie hatten manchmal monatelang nicht miteinander gesprochen. Deshalb war ihre Abwesenheit nicht wirklich etwas, unter dem sie litt. Für einen Moment verharrte sie nachdenklich, den Blick ins Leere gerichtet.

Die Unterhaltung, die sie am Nachmittag mit Dora gehabt hatte, kam ihr wieder in den Sinn. Diese Sache zwischen Howard und ihrer Mutter und der Streit danach. Diese Sache, die völlig an ihr vorbeigegangen war. Sie schämte sich. Sie schämte sich dafür, dass sie zu ihren Eltern auf Distanz geblieben war, dass sie alle der Gleichgültigkeit zwischen ihnen so viel Raum gegeben hatten. Sie war über nichts auf dem Laufenden gewesen. Kaum zu glauben.

Und als sie Dora vorgehalten hatte, sie nicht informiert zu haben, hatte diese schnippisch gekontert, das sei nicht ihre Aufgabe gewesen, das hätte sie schon selbst tun müssen.

Was man sagen konnte, war, dass Howard gut vögelte. Sie war schweißnass, ganz erschöpft.

Scheiße, sagte er, neben ihr im Bett liegend, ich kann nicht glauben, dass du das für Geld machst.

Sie zuckte die Schultern.

Er schob nach, dass ihre Eltern nicht wirklich begeistert gewesen wären, hätten sie gewusst, was sie trieb. Und dass überdies noch Dora ihre Finger im Spiel habe, hätte ihnen ganz und gar nicht gefallen.

Aber ich bereue es nicht, sprach er weiter und nickte dazu. Schrecklich, das zu sagen, aber ich bereue es nicht, wirklich. Ich würde lieber das Gegenteil behaupten, aber du würdest mich als Lügner entlarven. Zu Recht.

Ist nicht die schlechteste Art, sich kennenzulernen, sagte sie. Und ich kann meine Miete zahlen.

Ich hätte nicht gerne ein Mädchen haben wollen, murmelte er. Das hätte mich zu sehr mitgenommen.

Während sie sich anzog, schlug er vor, irgendwo draußen noch etwas zu trinken, es war mild.

Nein, nie mit Kunden, antwortete sie.

Er sah ihr schweigend nach, als sie ging. Nichts, was ihm dazu einfiel, schien ihm nennenswert zu sein.

In der darauffolgenden Gewitternacht gebar Sylvie ihr Baby, eine Woche vor dem Termin, in Steißlage. Sie schrie wie am Spieß. Joan hatte mit ihr auf den Notarztwagen gewartet und noch immer ein Pfeifen im Ohr. Sie fragte sich, ob ihr nicht das Trommelfell geplatzt war. Sylvie hatte ihre Hand nicht loslassen wollen, noch auf den Fluren des Krankenhauses drückte sie fest zu, während in der Ferne der Donner grollte.

Im Morgengrauen, es regnete nicht mehr, ging

sie bei Sylvies Haus vorbei, um ein paar Sachen zu holen, ein paar Kleider, die sie in der Eile nicht mehr hatte einpacken können. John, ihr Mann, war in der Zwischenzeit nach Hause gekommen, hatte es aber nicht weiter geschafft als bis zum Wohnzimmersofa, auf dem er zusammengebrochen war.

Andeutungsweise öffnete er ein Auge und schloss es sogleich knurrend wieder, als sie ihm die gute Nachricht überbrachte.

Sie ging nach oben, um eine Tasche zu packen. Das Zimmer war wirklich phänomenal, eine Bonbonniere mit pinkfarbenen, satinbespannten Wänden, ultrakitschiger, püppchenhafter Deko, eine Enklave nach dem Geschmack von Barbara Cartland.

John tauchte in der Tür auf. Er war stellvertretender Sheriff. Seine Uniform war zerknittert, er trug noch seine Waffe am Gürtel, und alles an ihm wirkte bleich und schlaff, als wäre er gerade erst dem Grab entstiegen – nur seine blutunterlaufenen Augen waren rötlich.

Wie geht es ihr, fragte er mit dünner Stimme und verzog das Gesicht. Wie war's.

Ziemlich hart, antwortete Joan, die weiter die Tasche packte. Aber das kann sie dir besser erzählen als ich.

Gut. Sehr gut. War ja nicht so früh geplant. Sag

ihr, dass ich vorbeikomme. Ich weiß nicht, wann, aber das krieg ich schon hin. Ich sollte besser nicht zu lange hier herumhängen.

Ich koche Kaffee, sagte sie.

Einverstanden. Ich geh mich ein bisschen frisch machen. Lieber Himmel, das wird ein langer Tag, glaube ich.

Wenige Minuten später gesellte er sich zu ihr in die Küche. Sein Gang wirkte lustlos, aber er hatte die Uniform gewechselt und sich gekämmt. Er fragte sie nach ihrer Meinung zu seinem Zweitagebart, ob der noch akzeptabel sei für einen Polizisten. Sie fand, ja. Der Kaffee war fertig.

Ich weiß, was du jetzt denkst, meinte er und griff zögernd nach seiner Tasse. Du denkst, an meiner Stelle wärst du schon ins Auto gesprungen und zu ihr gefahren. Ich weiß. Aber so einfach ist das nicht.

Das denke ich gar nicht, da täuschst du dich, ich weiß, dass gar nichts einfach ist. Ich hab eine gewisse Erfahrung, weißt du.

Er drehte sich zum Fenster. Die Sonne war noch nicht aufgegangen, aber es dämmerte, ein paar ausgefranste goldene Wolken zogen am bläuenden Himmel vorüber, es wurde schnell heller. Joan gähnte beim Gedanken an ihre durchwachte Nacht.

Er nickte. Du hast mich damals umgehauen, sagte er. Ich hab's dir nie erzählt. Dich einfach so aus dem Staub zu machen. Was das mit mir gemacht hat. Zu sehen, was wirklich mutig ist. Du hast mir damit eine ganz schöne Ohrfeige verpasst. Du warst noch ein Mädchen, du warst jünger als ich. Ich hab gedacht, ich wär ein Stück Scheiße. Das glaube ich übrigens immer noch.

Mutig war das nicht, John. Ich hab sie nicht mehr ertragen, mit Mut hat das nichts zu tun. Ich hab mich so elend gefühlt.

Ich hab dich bei der Beerdigung beobachtet, ich hab an diese ganzen Jahre gedacht, die du nicht da warst, und mir gesagt, sie hat nichts verpasst, das Schlimmste hat sie sich sogar erspart. Zum Schluss waren sie wirklich mies drauf. Die haben sich gar nicht mehr eingekriegt, sich nur noch gezofft und gesoffen wie die Löcher.

Ja, aber ich weiß genug. Dora hat mich auf dem Laufenden gehalten.

Er nickte, dabei blieb sein Blick draußen an etwas hängen.

Da parkt gerade jemand bei dir, meinte er und zeigte mit seiner Tasse in die Richtung von Joans Haus.

Sie trat näher. Sie hatte keine Ahnung, wer das sein konnte. Ein Typ war ausgestiegen. Es war Howard. Sie versteifte sich.

Howard, nuschelte John. Das hat noch gefehlt.

Er legte das Fernglas, das er vom Kühlschrank genommen hatte, wieder beiseite.

Weißt du, wer das ist, fragte er.

Ja, ich hab Bilder gesehen. Ich weiß Bescheid.

Er ist schuld, sagte John ernüchtert, er ist schuld an der ganzen Scheiße.

Sie hielt sich mit einem Kommentar zurück, wollte die Büchse der Pandora nicht öffnen. Dass Howards Besuch sie irritierte, war allerdings noch untertrieben.

Sie musterte ihn verächtlich, als sie ankam. Sie fragte ihn, ob er aus dem Bett gefallen sei. Ob sie zufällig einen Termin hätten. Und da er nicht antwortete und die Sache anscheinend locker nahm und sie freiheraus anlächelte, drehte sie ihm den Rücken zu und holte ihren Schlüssel hervor.

Hey, wie nett von dir, sagte er belustigt.

Sie warf ihm einen kurzen Blick zu.

Du glaubst wohl, du kannst dir alles erlauben, sagte sie. Mit welchem Recht kommst du frühmorgens zu mir, ohne mir vorher Bescheid zu sagen. Was glaubst du, wo du bist.

Er trat einen Schritt zurück.

Hör mal, ich wusste nicht, wie ich dich erreichen kann. Ich muss mit dir sprechen.

Mag sein, aber jetzt passt es gerade nicht, weißt

du. Dass du einfach so vor meiner Tür auftauchst, ich fasse es nicht. Das macht mich fertig, weißt du. Du hast hier nichts zu suchen.

Okay, dann machen wir einen Termin. Ich bringe auch Blumen mit.

Mach das mit Dora aus. Sie führt meinen Kalender. Sie vereinbart meine Termine.

Das meinte ich gar nicht, aber warum nicht, antwortete Howard. Aber das sollte uns nicht davon abhalten, sehr bald etwas trinken zu gehen, damit wir uns mal fünf Minuten in Ruhe unterhalten können.

Das mache ich nicht, das hab ich dir schon gesagt. Bei dem Spielchen haben sich schon viele Frauen die Finger verbrannt. Freundschaftliche Beziehungen enden immer schlecht, das ist bekannt. Mit einem Glas geht es los, und enden tut es mit einem Psychodrama. Nichts für mich.

Du willst das jetzt wohl so. Aber ich bin doch für dich kein Fremder unter Fremden, ich bin doch nicht nur einer deiner Kunden. Jedenfalls dachte ich das.

Weil es dir irgendwelche Vorteile verschafft, dass du mit meiner Mutter geschlafen hast. Weil uns das automatisch zu guten Freunden macht.

Gut, seufzte er, ich sehe, was los ist. Wir sollten darüber sprechen.

Oh, das ist originell, sagte sie.

Sie musterten sich einen Moment. Sie war nicht sicher, ob er verstanden hatte, wo das Problem lag. Sie ging hinein und ließ ihn draußen stehen, ohne ihn weiter zu beachten.

Marlon war noch im Schlafanzug, er stand beim Eingang und nagte verängstigt an seinem Daumen.

Sylvie hat ihr Kind bekommen, sagte sie. Ich muss noch mal hin.

Weil er nicht reagierte, schob sie nach, er geht, Marlon. Alles ist in Ordnung.

Er kreuzte die Hände über dem Kopf, wie um sich zu schützen, und blickte niedergeschlagen drein.

Lächelnd streckte sie ihm eine Hand entgegen.

Mach dir keine Sorgen, sagte sie.

Draußen manövrierte Howard auf dem Weg herum, um zu wenden. Das nächtliche Gewitter hatte die Landschaft gereinigt, der Himmel war von einem sauberen Blau, die Blätter glänzten wie Medaillen an den Bäumen.

Sie wartete ab, bis sich Marlon ganz beruhigt hatte, dann fuhr sie los.

Sylvie war eingeschlafen. Das Baby lag in der Wiege. Joan räumte Sylvies Sachen in den Schrank. Der Raum war erfüllt von einem süßlichen, absolut widerlichen Milchgeruch. Auf den Gängen wurde es lebhaft. Sie sah sich im Spiegel des Fahrstuhls, frisch sah sie nicht aus. Auf dem Weg nach draußen stürzte sie zwei Kaffee runter und aß ein Croissant.

Sie entdeckte ihn im Rückspiegel. Je näher das Zentrum rückte, desto stockender rollte der Verkehr. Langsam fiel es ihr schwer, die Augen offen zu halten. Dennoch griff sie nach ihrer Sonnenbrille, denn die ersten Strahlen leuchteten über die Dächer.

Er folgte ihr bis in den Laden. Um sich zu entschuldigen. Sie sah ihn an und sagte, gut, in Ordnung, sehr gut, du hast Glück, dass es ein schöner Tag ist, da hab ich gute Laune. Er lief los, um ihr einen Kaffee zu holen, der noch dampfte, als er damit zurückkam. Währenddessen hatte sie den Laden geöffnet, die Post eingesammelt, den Computer gestartet.

Der Kaffee war gut und bitter nötig. Er lief wieder los und besorgte noch einen.

Weißt du, wir haben nicht nur Politik gemacht, erzählte er. Deine Eltern und ich haben etwas Prägendes zusammen erlebt. Also, wir standen uns sehr nah, verstehst du. Als ich hörte, was mit ihnen passiert ist, hatte ich eine Herzattacke. Ich konnte bei der Beerdigung nicht dabei sein.

Einfach wird das mit Marlon nicht werden, erklärte sie.

Das war ihm bewusst. Marlon machte ihn verantwortlich für Gordons und Suzans Scheitern, wie sollte es auch anders sein.

Dabei hat deine Mutter versucht, es ihm zu erklären, aber das hat nichts gebracht, er hat alles auf mich geschoben. Übrigens bin ich ihm nicht böse, trotz allem nicht, ich kann mich in ihn hineinversetzen. Ich sehe noch, wie er durch den Raum rennt, sich die Ohren zuhält und sich unter den Tisch flüchtet.

Howard vereinbarte mit Joan einen Termin für den nächsten Tag. Er zahlte im Voraus, bar. Einen Teil des Gelds schob sie in ihre Tasche, den anderen Teil legte sie in die Kasse und schrieb alles in ein Notizbuch. Amüsiert sah er ihr dabei zu. Er hatte diesen Blick, den manche Männer haben, wenn sie wissen, dass sie einen gut gevögelt haben, dachte sie, diesen leicht überheblichen Blick, der sie überaus zu befriedigen schien.

Sie gingen nach draußen, um eine Zigarette zu rauchen, an der Sonne, vor dem Schaufenster.

Es wäre phantastisch, wenn ich mal vorbeikommen und mich unten umsehen dürfte, sagte er und blinzelte wegen des Lichts. Du weißt schon, Papiere sortieren, in alten Erinnerungen kramen, sprach er weiter und lächelte sie an.

Sie zuckte die Schultern und meinte, dass nichts

dagegenspreche und ihr das ohnehin alles zu viel sei.

Nur, wenn es dich nicht stört, sagte er.

Wieso sollte es. Das Papier wandert sowieso in den Müll und die Kleider zum Roten Kreuz.

Es wird sich merkwürdig anfühlen, wieder dort zu sein, ist schon mindestens drei Jahre her. Wir hatten großartige Zeiten zusammen.

Wie war sie denn so, meine Mutter.

Das meinte ich nicht.

Weißt du, ich bin ihre Tochter und habe keine Ahnung, wer sie ist. Deshalb frage ich. Sie ist wie ein Schatten im Nebel.

Sie sprachen oft von dir. Jedes Mal, wenn sie dich sahen, hörte man sie noch zwei Wochen lang davon erzählen.

Ich hätte sie mir nie in den Armen eines anderen Mannes vorstellen können. Auf den Gedanken wär ich nie gekommen.

Hör mal, Joan, ich weiß nicht, was ich dir darauf antworten soll. Allein daran zu denken tut mir schon weh. Das wird immer so bleiben. Aber du warst nicht da, du kannst es nicht wissen. Ich war heftig verliebt, wie vom Blitz getroffen. Man denkt, diese Dinge gibt es nicht, aber doch, es gibt sie. Es ist, als würde man dir einen Stromstoß verpassen. Und ich glaube, Suzan ging es genauso. Sie war zwischen deinem Vater und mir hin- und hergerissen. Eine echte Tragödie. Und jetzt haben mich die beiden Miststücke endgültig verlassen, sie sind weg. Da ist die Depression vorprogrammiert.

Sie hörte ihm noch eine Weile zu, dann traten Kundinnen ein, und sie sagte ihm, er könne ihr den Rest morgen erzählen und wegen Marlon werde sie nachdenken.

Sie schlief beinahe im Stehen, als Dora einige Stunden später kam, um sie abzulösen. Sie erzählte ihr von ihrer durchwachten, ereignisreichen Nacht und von ihren Gesprächen mit Howard.

Mir war nicht klar, dass es so ernst war, vertraute sie Dora an.

Ja, das war für alle drei die große Show. Und sie haben nicht etwa beim ersten Blut aufgehört, wo denkst du hin. Sie doch nicht.

Im Halbschlaf fuhr Joan nach Hause, wo sie einen Teil des Nachmittags verschlief. Nach einer wohltuenden Dusche ließ sie draußen, an der Sonne, ihre Haare trocknen, es war noch mild. Marlon hatte auf Amazon ein kleines Vogelhäuschen gekauft und war gerade dabei, es an einem Ast anzubringen.

Marlon, morgen komme ich später nach Hause, kündigte sie ihm an. Natürlich bevor es dunkel ist. Verlass dich drauf, ich behalte die Zeit im Auge.

Wir haben nicht morgen, sagte er. Noch nicht, oder.

Sie betrachtete ihn, wie er auf seiner Leiter schwankte.

Marlon, diese Art von Diskussion sollten wir nicht haben, sagte sie. Wir waren uns doch einig.

Ja, ja, wir sind uns einig. Alles bleibt so. Wir sind uns einig, wir sind uns einig. Ich sag nichts mehr.

Ich hatte ein Leben, bevor ich hierherkam, stell dir vor, ich hatte Freunde, habe Leute getroffen. Es macht mir Spaß, sie von Zeit zu Zeit zu sehen. Verstehst du das.

Ja. Alles klar. Schon okay.

Das wird mich nicht davon abhalten, pünktlich zu sein. Verlass dich drauf.

Er schrie, als er von seiner Leiter fiel – er hatte einer Möwe nachgesehen, die sich von einem warmen Luftstrom tragen ließ. Sie sprang auf und lief zu ihm, er lag im Gras, unter dem Birnbaum, neben sich das zertrümmerte Vogelhäuschen. Als sie bei ihm ankam, stützte er sich auf einen Ellenbogen. Geht es, Marlon, fragte sie.

Sie half ihm auf und klopfte seine Kleider ab. Du hast mir einen schönen Schrecken eingejagt, seufzte sie. Er war noch benommen, sprachlos. Sie konnte ihn gerade noch auffangen, als er vor ihr zusammensackte, als wären seine Beine plötzlich aus Gummi. Sie packte ihn, drückte ihn fest an sich und half ihm beim Hineingehen.

Es war das erste Mal, dass sich ihre Körper so massiv berührten. Sie hätte nicht gewollt, dass es noch länger dauerte.

Sie setzte ihn auf einen Stuhl.

Mein Häuschen ist kaputt. Total kaputt.

Ja, aber das ist nicht schlimm, wir kaufen ein neues. Ich geh dir ein Glas Wasser holen.

Wasser, ja, gerne. Gute Idee. Ich bin gefallen. Blöde Leiter. Ich hab mir den Kopf angehauen, bäng.

Sie kam mit dem Glas zurück. Draußen brach die Dämmerung herein. Es war ein großes Glas, aber er trank es in einem Zug leer. Dann schlug er sich mehrmals auf die Schenkel und schüttelte den Kopf, um zu zeigen, dass er sich besser fühlte, dabei schaukelte er vor und zurück.

Sie fragte sich, ob dies der richtige Moment sei, ihm anzukündigen, dass sie Howard erlaubt hatte, einen Blick auf den ganzen Krempel zu werfen, der das Untergeschoss verstellte. Dann dachte sie, dass es im Grunde keinen guten oder schlechten Moment geben konnte, und wartete nicht länger mit der Information, dass Howard vorbeikommen würde.

Du wirst ihn aber nicht treffen, schob sie schnell

hinterher. Er wird über den Garten reinkommen. Ich werde da sein. Er will nur seine Papiere holen, was weiß ich, Sachen, die ihm gehören, das kann uns egal sein. Ich konnte es ihm nicht verbieten.

Er stand auf, lief im Kreis und stieß dabei die Stühle beiseite, die ihm im Weg standen, der Blumenstrauß auf dem Tisch bebte.

Sie bat ihn, sich für einen Moment zu beruhigen, sonst gehe sie raus. Er erstarrte auf der Stelle, war aber totenblass.

Das durftest du nicht, das durftest du nicht, rief er. Das hatten wir gesagt. Ich hab's gehört. Du hast es gesagt, ich weiß es.

Marlon, seufzte sie, wir haben kaum drei Worte gesprochen. Das nenne ich nicht reden. Hör mal, beenden wir die Sache, bevor es kompliziert wird, ja. Lassen wir ihn tun, was er zu tun hat, und dann Schluss.

Es war anscheinend nicht das, was Marlon hören wollte.

Nicht er, setzte er aufgebracht fort. Will ich nicht. Ich mag ihn nicht. Er ist sehr schlecht, jawohl, sehr, sehr schlecht. Ich rede nicht mit ihm.

Sie hob den Blick zum Himmel. Marlon, du musst auch nicht mit ihm reden. Du wirst ihn nicht treffen. Ich lass ihn nicht hier rein, darum musst du dir keine Sorgen machen. Ich bleibe bei dir. Wir werden so tun, als ob er nicht da ist, versprochen. Wir kümmern uns nicht um ihn. Wir machen oben an der Treppe zu. Das geht schon. Machen wir es nicht schlimmer, als es ist, das mit Howard. Versuch, ihn zu vergessen. Kümmer dich nicht.

Vergessen geht nicht. Unmöglich. Seine Schuld, das alles. Wegen ihm. Er ist schuld. An allem.

Sie haben alle drei Schuld, Marlon. Hör auf.

Er wurde ganz rot. Sag das nicht, antwortete er und klammerte sich an die Stuhllehne vor ihm.

Sie sah ihm einen Moment fest in die Augen, er zitterte vor Erregung.

Erklär mir, warum ich das nicht sagen soll, forderte sie ihn auf. Meinst du, das waren Engel. Hatten sie sich nichts vorzuwerfen.

Du. Du warst nicht da. Hast nichts gesehen.

Ich weiß Dinge, die du nicht weißt. Ich hab so einiges gesehen. Du solltest auf mich hören. Schau mich an. Lass sie nicht zwischen uns stehen. Bitte. Sie sind nicht mehr da. Sie können uns nicht mehr helfen, wohl aber noch Schlechtes tun. Denk über meine Worte nach.

Er ließ den Stuhl los und stand mit baumelnden Armen und leerem Blick da.

Ich weiß, was er sucht, sagte er schließlich. O ja. Ich weiß es sehr gut.

Joan stand auf. Sie runzelte die Brauen. Sie hatte

gedacht, die Unterhaltung wäre zu Ende, aber als Marlons letzte Worte zu ihr durchdrangen, setzte sie sich wieder.

Wovon redest du, Marlon.

Ich bin der Wächter. Der Wächter bin ich.

Einen Augenblick war sie sprachlos.

Der Wächter wovon, presste sie hervor. Vom Untergeschoss. Von dem Kram, der unser Haus verstopft. Wer hat dich darum gebeten. Niemand. Bind dir das nicht ans Bein, Marlon, tu mir den Gefallen. Mach es nicht so kompliziert.

Du verstehst nichts. Du bist zu dumm.

Sie stand wieder auf. Ich gehe jetzt schlafen, sagte sie. Ich kann mich nicht mehr auf den Beinen halten, weißt du. Gute Nacht.

Eine Weile heulte er vor ihrer Tür, er wollte sich entschuldigen, aber sie stellte sich tot, sie war müde.

Am nächsten Morgen wachte sie früh und in nachdenklicher Stimmung auf. Marlon war noch nicht wach. Sie trank ihren Kaffee und beobachtete die Sonne, die zwischen den Bäumen durchschien, dann ging sie ins Untergeschoss und nahm sich vor, diesmal sorgfältiger zu suchen, nur dass sie nicht wusste, wonach, ja nicht einmal, ob es überhaupt etwas zu suchen gab.

Sie öffnete die Schränke, nahm sich die Schubkästen vor, wühlte sich durch Kisten, nahm Nippes unter die Lupe und Kartons voller Akten. Alles umsonst. Nichts, was ihre Aufmerksamkeit erregte. Und je länger sie schuftete, je tiefer sie die Nase in ihre Dinge steckte, desto deutlicher wurde Gordons und Suzans Anwesenheit, desto dumpfer, eindringlicher, beinahe feindlich. Was sie nicht wirklich wunderte. Sie hatte sich erst für sechzehn Uhr mit ihm verabredet. Sie hatte noch Zeit. Aber schon nach einer Stunde ging sie wieder hinauf, ohne etwas gefunden zu haben. Oben stieß sie auf Marlon, er frühstückte, die Nase in die Schüssel versenkt, und sie setzte sich ihm gegenüber.

Worüber wolltest du sprechen, gestern, fragte sie.

Er schüttelte den Kopf, ohne zu antworten.

Marlon, sagte sie, es ist nicht gut, wenn du vor mir etwas geheim hältst. Das ist wirklich schlecht. Ich dachte, als Bruder und Schwester teilen wir alles. Das dachte ich jedenfalls.

Ich hab geschworen. Gordon hat gesagt, ich soll schwören. Ich bin der Wächter. Er hat es mir erklärt. Der Wächter bin ich.

Aber der Wächter wovon, Marlon.

Oh, ich weiß nicht. In einem Kästchen. Aber wichtig, hat er mir gesagt, sehr wertvoll.

Aha.

Ich bin der Wächter.

Ja, das hab ich verstanden. Aber wenn ich daran denke, dass ich deinetwegen hierhergezogen bin. Ich hab einen ganz schön großen Schritt auf dich zugemacht, scheint mir, und was kriege ich dafür. Du willst nichts mit mir teilen. Du hast Geheimnisse vor mir. Na prima.

Ich hab geschworen.

Ja, ich weiß, du bist der Wächter, du hast geschworen. Ist ja gut. Aber versprich mir eine Sache, versprich mir, dass dieses Kästchen in Sicherheit ist, dass es nicht im Untergeschoss ist, das ist das Wichtigste.

Nein, nein. Nicht unten. Kein Problem.

Gut, sagte sie und berührte seine Hand. Das ist schon mal etwas. Wenn die Sonne untergeht, bin ich wieder da. Verlass dich auf mich. Nein, du musst dich nicht bedanken.

Die Höschen kosteten sie mehr und mehr. Sobald man etwas Hochwertiges wollte, etwas, das die Phantasie anregte, fiel einem die Rechnung auf die Füße. Trotzdem drängte Dora die Mädchen, in ihre Unterwäsche zu investieren, und sie hatte recht. Joan sah sich die neuen Modelle an, ohne sie wirklich zu sehen, sie war mit den Gedanken woanders.

Zumal sie bald Howard treffen würde und sie darauf mehr Lust hatte, um die Wahrheit zu sagen. Sie fragte sich, ob man es ihr ansah.

Es war etwas Besonderes mit ihm. Als er in der Wohnung ankam, warf sie sich ihm an den Hals, fast wie eine Verrückte. Aber er sagte, nein, warte. Ich hab Kuchen mitgebracht. Es eilt nicht.

Sie riss sich zusammen. Sie machten es sich auf dem kleinen Balkon gemütlich, der auf den Hafen hinausging, im freundlichen Schatten eines gelben Sonnenschirms. Die Nachmittagssonne brannte zunehmend. Der Frühling war nicht mehr schüchtern.

Die Aussicht war nicht übel, auf dem Kai war immer etwas los, der Atlantik plätscherte vor sich hin, ganz nah.

Veilchen-Eclairs, sagte sie. Die mag ich am liebsten.

Nur ein Dankeschön, eine Kleinigkeit. Ich werde etwas Ordnung in das Zeug bringen können. Aussortieren. Wenn du möchtest, bringe ich den Rest zum Müll. Es bringt ja nichts, alles liegenzulassen.

Sie nickte und biss zärtlich in ihr Eclair. Es war lecker. Als sie die Augen wieder öffnete, war er über sie gebeugt und sah sie blinzelnd an.

Erinnere ich dich an jemand, fragte sie.

Nein, das ist es nicht. Ich finde dich sehr schön,

das ist alles. Ich finde es unglaublich, dass man dich für Geld haben kann. Das sollte nicht möglich sein.

Ihr Männer sagt immer alle das Gleiche, weißt du das. Von den anderen Mädchen höre ich das auch. Ich seid alle gleich.

Trotzdem sollte das nicht erlaubt sein.

Klar, und dann kommen sie an, von wegen sie holen mich da raus, sie wollen eine Geliebte, keine Nutte, diese Geschichte kennt man seit Anbeginn der Zeit. Weißt du, ich bitte um nichts, ich beschwere mich nicht. Du hast mich nicht in der Gosse gefunden.

Ohne zu antworten, beugte er sich über die Minibar und bereitete zwei Gin Tonic zu.

Sobald er sie berührte, und wenn er nur ihr Knie streifte, dachte sie an nichts mehr, ihre Gedanken standen still, sie knöpfte mechanisch ihr Oberteil auf und biss sich geistesabwesend auf die Lippe.

Die Veilchen-Éclairs waren schon gut gewesen. Was danach kam, sozusagen das Beste an der Sache, ging auf dem Sofa los, auf dem Boden weiter, dann an der Wand, endete im Bett und erwies sich als köstlich. Dass der Nachtisch zuerst dran gewesen war – und diese Veilchencreme war ein Gedicht –, amüsierte sie, während sie wieder zu Atem kam, leicht zitternd, sie fand es lustig, und es war mal etwas anderes.

Es gab keine Droge auf der Welt, die sie mehr entspannte. Sie wollte bleiben, sich nicht mehr bewegen, nicht einmal nach der Schachtel mit den Kleenex greifen, um sich zwischen den Beinen abzuwischen. Die Sonne stand noch hoch oben, sie lag gut in der Zeit, Möwen flogen, ein paar Typen machten ihre Boote fest, Howard rauchte still.

Sie fand ihn noch recht attraktiv dafür, dass er an die fünfzig sein dürfte, sie wusste aber auch, dass man diese Art Mann fürchten sollte wie die Pest. Diese Art, die ein gewisses Alter erreicht hat, ohne eine Familie gegründet zu haben. Das sind die Gefährlichsten, die verheimlichen etwas. Die kämpfen nur für ihr eigenes Leben. Howard war dafür das beste Beispiel, dachte sie. Noch wusste sie zwar nicht, was er verheimlichte, aber sie blieb auf der Hut, zumal sie nicht immun war gegen diese Droge, die er ihr einflößte – und die einen manchmal um den Verstand brachte und um das bisschen Selbstwertgefühl, das einem blieb.

Als sie ihren Slip anzog, erklärte er sich bereit draufzulegen, damit sie noch etwas blieb. Sie zögerte. Dann aber warf sie einen Blick auf ihre Uhr und antwortete ihrem sich wehrenden Körper zum Trotz, dass es nicht möglich sei.

Er musterte sie ratlos. Sie begnügte sich damit, ihn anzulächeln, während sie sich mit kalkulier-

ter Lustlosigkeit, die ihm nicht entging, weiter anzog.

Wann kann ich vorbeikommen, fragte er, als sie
sich nach einer Abschiedsgeste anschickte, aus der
Tür zu gehen.

Oh, antwortete sie, gib mir ein paar Tage. Dann
kann ich Marlon darauf vorbereiten. Danach kannst
du machen, was du willst. Ich gebe dir den Schlüssel. Versprochen ist versprochen.

Er antwortete nicht, doch sie nahm wahr, wie
sich seine Miene verfinsterte.

Du weißt nicht, wie er tickt, sagte sie.

Aber ja, klar doch, gab er genervt zurück. Aber
gut. Machen wir es so. Ich hatte nicht vorgehabt, so
lange in der Gegend zu bleiben, aber du hast recht.
Versuchen wir, uns in guter Erinnerung zu behalten. Und außerdem sehen wir uns dann noch mal.
Das ist das Gute an der Sache, nicht.

Dein Geld nehme ich immer gerne. Ist mir lieber
unter diesen Bedingungen. So ist es einfacher für
mich. Ich will mir in Bezug auf dich nicht so viele
Gedanken machen. Ich melde mich bei dir, um dir
grünes Licht zu geben. Ich kann ihn damit nicht
überfallen, verstehst du. Es sei denn, du hast es sehr
eilig. Oder suchst du etwas Bestimmtes, dann sag
es mir.

Er schwor, nein, natürlich nicht. Es sei mehr eine

Art Pilgerreise für ihn. Seit er vor drei Jahren tür-
schlagend gegangen war, hatte er keinen Fuß mehr
hineingesetzt. Und sie könne sich seinen Wunsch
und seine Furcht vorstellen, wieder an diesen Ort
der Leidenschaft und Freiheit zurückzukehren, all
das, was sie in ihm gesehen hatten. Und wenn er
etwas suche, dann vielleicht am ehesten das, um
sich davon zu überzeugen, dass er nicht geträumt
habe, jetzt, wo sie nicht mehr da waren.

Der Himmel war klar, aber das Tageslicht er-
losch schneller, als sie gedacht hatte. Sie fuhr im
Schritttempo, steckte im Verkehr fest. Sie schickte
ihrem Bruder eine Nachricht, um ihm zu sagen,
dass sie auf dem Weg war und nicht mehr lange
brauche.

In der Abenddämmerung parkte sie vor ihrem
Haus. Der Himmel wirkte wie ein zerbrochener
Spiegel, mit Lichtflecken und dunklen Facetten.
Man konnte nicht sagen, dass es Nacht war. Höchstens Sonnenuntergang. Sie machte den Motor aus
und fragte sich, was er davon halten würde. Klar, es
war an der Grenze. Aber war das nicht meistens so,
dachte sie und steckte den Schlüssel ins Schloss.

Sie hatte erwartet, ihn unterm Bett verkrochen
vorzufinden, die Angst im Nacken, oder im Schrank
mit den Kochtöpfen, sie hatte sich schon vorge-
stellt, was er ihr für eine Szene machen würde,

wie lange er bräuchte, um sich wieder zu beruhigen. Aber er saß am Tisch, im Halbdunkeln, reglos, vor einem Metallkästchen, und sah nicht einmal zu ihr hoch, als sie eintrat. Das Kästchen war so groß wie eine Packung Zucker. Moss wedelte mit dem Schwanz.

Was ist das, fragte sie und zog ihre Jacke aus.

Howard, sagte er, er sucht das hier. Ich hab's dir ja gesagt. Ich bin der Wächter. Hat Gordon gesagt. Kein Geheimnis mehr. Vor dir nicht. Hier. Ich verheimliche nichts.

Sie hörte ihm kaum zu, sie hatte sich gesetzt, fasziniert von diesem Kästchen mitten auf dem Tisch.

Worauf warten wir, machen wir es auf, sagte sie. Du hast den Schlüssel, oder.

Er hat mir nichts gesagt, sagte Marlon und verzog das Gesicht. Ich weiß nicht. Wir haben nicht darüber geredet.

Er wird nicht kommen, um es mitzunehmen, weißt du. Das ist jetzt unsere Sache. Es gehört jetzt uns.

Er schaukelte auf dem Stuhl, mit gesenktem Kopf.

Sie sah ihn einen Moment an, dann neigte sie sich zum Kästchen vor und nahm es. Sie wartete kurz ab und drehte sich wieder zu ihm. Sie sahen sich an.

Dann senkte er erneut den Blick und ließ seine Hände beflissen zwischen die Schenkel gleiten.

Gordon mochte mich, sagte er wie zu sich selbst.

Da er in dieser niedergeschlagenen Haltung sitzen blieb, stellte sie das Kästchen wieder hin und stand auf.

Gut. Wir klären das später, es eilt nicht, sagte sie und legte ihm eine Hand auf die Schulter. Ich bin erledigt. Aber das ist gut, wir müssen uns vertrauen, du und ich. Ich rechne dir das hoch an. Das war nicht leicht.

Sie drückte ihm die Schulter noch etwas fester und ging dann in ihr Zimmer. Als sie vor drei Wochen eingezogen war, hatte sie sich für das Gästezimmer entschieden, das weder das schönste noch das größte war, aber das Zimmer ihrer Eltern kam für sie nicht in Frage. Joan war nach einem Bad, sie musste sich aber mit einer Dusche zufriedengeben. Die Schränke waren winzig. Einziger Pluspunkt, es lag im Erdgeschoss, und sobald Marlon zum Schlafen hinaufging, hatte sie diese Etage für sich. Aus dem Fenster sah man vor allem Bäume, um diese Uhrzeit nur schwarze Schatten, aber am frühen Morgen war es ein friedvoller, leuchtender Anblick, der nicht zum Aufstehen anregte.

Howard ist davon überzeugt, dass dein Vater irgendwo Geld versteckt hat, erklärte Dora. Viel Geld. Eine alte Geschichte. Niemand hat irgendwelche Beweise dafür. Ein Gerücht ohne jede Grundlage, meiner Meinung nach. Aber er hofft, Informationen zu finden, Hinweise, irgendwas eben. Das Dumme ist, dass er nicht lockerlassen wird, bis er das Kellergeschoss unter die Lupe genommen hat. Ich kenne ihn, er ist peinlich genau. Deine Entscheidung. Du könntest ihn ja auch sofort loswerden, nicht erst in zwei Wochen. So hätte ich es wahrscheinlich gemacht.

Joan lehnte sich an die Reling der Fähre. Die Luft war belebend.

Und wo soll er das ganze Geld hergehabt haben, sagte sie. Das ist Blödsinn, ein Witz.

Das glaube ich auch, antwortete Dora. Aber Geld war da, das war kein Problem. Gordon hatte ein Händchen dafür. Er war brillant. Es gibt so viele unglaublich Reiche im Land. Und die meisten wissen nicht mal, was sie mit ihrem Geld anfangen sollen. Dein Vater hat aus denen keine überzeugten Ökos gemacht, aber er hat ihnen die Möglichkeit geboten, sich ein gutes Gewissen zu verschaffen. Also ich meine, er war keiner, der das Geld hintenrum verschwinden ließ, aber er hätte es tun können. Hätte können. Wär nicht schwierig gewesen.

Daher das Gerücht, dass er auf einem hübschen Sümmchen saß. Konnte ja nicht ausbleiben, klar.

Möwen kreisten über der Fähre, die gerade anlegte, und die Souvenirgeschäfte warteten auf die Kundschaft des Tages, die nicht wegfahren sollte, ohne einen Haifischzahn oder ein Black-Dog-T-Shirt zu kaufen.

Sie verbrachten den Vormittag damit, in einem Laden der Wohlfahrt zu stöbern, bei dem sie Stammkundinnen waren und den sie um nichts auf der Welt auslassen würden, denn sie fanden dort immer schöne Teile aus den Sechzigern, Vintage-Sachen in Eins-a-Zustand, nie kamen sie mit leeren Händen zurück, meistens eher selig mit ihren Fundstücken.

Diesmal räumten sie nicht nur den Kofferraum voll, sondern auch die Rückbank, bis obenhin.

Sie brachen am frühen Nachmittag auf und nahmen die Fähre nach Woods Hole. Für gewöhnlich verbrachten sie mindestens noch die Nacht vor Ort, im Harbour View in Edgartown, machten sich einen schönen Tag und gingen am Abend essen, ohne Männer, was wegen Marlon und seiner Angst vor der Dunkelheit nun nicht mehr möglich war. Dieses Problem war noch nicht gelöst. Aber es gab eine Chance, dass dies geschehen könnte, sehr bald.

Zurück in Cambridge parkten sie vor dem Laden

und trugen die Ware hinein. Der Nachmittag zog sich langsam dahin. Joan rief jemand an.

Ann-Margaret, ich bin es. Und, wie läuft es.

Sehr gut, es läuft sehr gut. Wir gucken was.

Was denn. Na, egal. Super. Sehr gut. Ich rufe noch mal an, wenn es dunkel ist. Ich wollte nur hören, ob alles in Ordnung ist.

Sie legte auf und nickte Dora zu, um ihr anzuzeigen, dass sie noch in Ruhe etwas trinken gehen konnten, die Nachrichten klangen vielversprechend.

Sie setzten sich in eine Bar und bestellten Cocktails.

Wenn alles gutgeht, zünde ich eine Kerze an, seufzte Joan. Die Frau macht einen guten Eindruck. Ich hatte gleich ein gutes Gefühl, als ich sie gesehen habe.

Ja, drücken wir die Daumen. Es wird kompliziert, weißt du. Deine neuen Zeiten passen nicht jedem.

Das war noch milde ausgedrückt. Einige Stammkunden, denen sie nun abends nicht mehr zur Verfügung stand, waren schon zur Konkurrenz gewechselt, die sich auch nicht dumm anstellte, sich zu benehmen wusste und einen Bordeaux von einem Burgunder unterscheiden konnte, darauf legte Dora Wert.

Draußen verlöschte das Tageslicht. Joan hatte ihr Telefon gut sichtbar auf den Tisch gelegt und beäugte es nervös aus dem Augenwinkel, sie befürchtete eine Nachricht von Ann-Margaret, dass es mit Marlon nicht klappte.

Wie alle gebräunten Sechzigjährigen mit Cabrio und rosa Kaschmirpullover legte Brett großen Wert auf seine Haarfarbe, die im Moment die von geräuchertem Scamorza war, nur blasser.

Joan sah zu ihm hoch, als er sich ihrem Tisch näherte. Er beugte sich zu ihr und hielt ihr die Wange hin.

Brett, sagte Dora, du bist lieb, aber wir unterhalten uns gerade.

Wie geht es dir, meine Süße, sagte er und drehte sich zu ihr, nahm ihre Hand und berührte sie flüchtig mit gespitzten Lippen. Ich war an der Bar. Ich wollte nur hallo sagen. Ich warte auf eine Freundin. Übrigens, auf dem Hinweg habe ich ein Taxi gesucht, und ratet mal, wen ich treffe. Howard, einfach so, mitten auf der Straße und rein zufällig. Ich saß aber schon halb im Taxi, es waren nur ein paar Sekunden, wir haben kaum drei Worte miteinander gewechselt, wir wollen telefonieren. Wie, mehr sagt ihr dazu nicht.

Danke, Brett, aber das wussten wir schon, antwortete Dora.

Mädels, täusche ich mich, oder duftet ihr nach Meer.

Wir waren auf der Fähre, antwortete Joan. Auf dem Oberdeck, im Liegestuhl, das war herrlich.

Ja, ich nehme die Fähre nur noch deshalb, sagte Brett. Manchmal sogar zwei Mal hin und zurück, nur zum Vergnügen, nicht wahr, Dora, du kennst mich. Allerdings, auf die Clintons, die jetzt hier sind, könnten wir gut verzichten, auf die Obamas auch. Diese Insel wird bald ein Disneyland. Diese ganzen Typen, die hier von morgens bis abends anlanden und alles überrollen wie Lava bei einem Vulkanausbruch. Danke sag ich denen nicht, den beiden. Auf Nantucket ist es genauso.

Aber Brett, sagte Dora und runzelte die Brauen, was hast du denn mit deinen Haaren gemacht. Das steht dir gar nicht, weißt du. Manchmal frage ich mich, was in deinem Kopf vorgeht.

Um diese Details musst du dir keine Gedanken mehr machen, meine Süße. Das gehört zu den Vorteilen einer Scheidung.

Mittlerweile war es dunkel geworden. Und von Ann-Margaret noch immer keine schlechte Nachricht. Konnte es sein, dass Joan endlich durchatmen durfte. Als sie sich wieder auf die Unterhaltung konzentrierte, fragte sich Brett gerade nach dem Grund für Howards Rückkehr.

Er hat nie etwas einfach so getan, meinte er. Ich glaube nicht, dass er hier ist, um seine Zeit zu vertrödeln.

Jedenfalls nicht, um sich blondieren zu lassen, antwortete Dora.

Er kicherte.

Sie war glücklich mit ihrem Tag. Mit dem Ausflug nach Martha's Vineyard, dem Frühling, ihren Einkäufen, der sonnigen Autofahrt mit *Lektion iii* von Den Sorte Skole, und vor allem, vor allem war sie zufrieden, sie begann klarzusehen, die Puzzleteile fügten sich langsam ineinander. Es war zehn Uhr, das nächtliche Schwarz glänzte, in den Fenstern der Häuser entlang der Straße brannte Licht, aber immer weniger, je weiter sie sich vom Zentrum Bostons entfernte. Sie fühlte sich gut. Sie fuhr gemächlich, einen Arm am Fenster, als sie auf eine Polizeiabsperrung zurollte. Sie hielt an. Vor ihr stand ein Dutzend Autos, Polizisten liefen mit Taschenlampen umher.

John kümmerte sich persönlich um sie, er beugte sich zu ihr herunter. Ich muss dich bitten, deinen Kofferraum zu öffnen, Joan. Abgesehen davon, wie geht es dir.

Ach, gut, ganz gut, sagte sie und entriegelte das Kofferraumschloss. Was ist denn hier los.

Ein entführtes Kind, knurrte er mit finsterer Miene. Und wenn ich was nicht mag, dann das. Von Lösegeldübergaben rede ich erst gar nicht. Typen, die so was machen, sind wahnsinnig, die haben keine Hemmungen, auf eine Uniform zu schießen.

Sie stieg aus, um mit ihm zum Kofferraum zu gehen. Ihre Arme waren unbedeckt, aber es war noch mild.

Sag mal, was wollte Howard neulich von dir, wenn die Frage nicht zu indiskret ist.

Er möchte seine Sachen abholen, Papiere, ich weiß nicht genau. Ich lasse das bald alles abholen. Ich muss meine Wohnung in der Stadt ausräumen, ich brauche Platz.

Er ist hier in der Gegend nicht sehr willkommen. Die Leute haben nicht vergessen. Sie mögen es nicht, wenn man ihr Schaufenster zerstört oder ihre Flagge verbrennt. Solche Dinge vergisst man nicht. Howard war der Schlimmste von der Bande, ein echter Hitzkopf, wirklich, kein Witz.

Daraufhin entschuldigte er sich, er müsse weiter, die Autoschlange war länger und länger geworden.

Geht es Sylvie gut, fragte sie.

Gut, ja, antwortete er und entfernte sich im Licht der Scheinwerfer.

Zu Hause wartete eine weitere Überraschung auf sie. Ihr Bruder lag schlafend auf dem Sofa, zusammengerollt, den Kopf auf Ann-Margarets Schenkel, die ihr bedeutete, nicht zu wissen, was sie tun solle, und dass sie sich nicht traute, sich zu bewegen. Ein rührender Anblick. Joan blieb zwei, drei Sekunden ergriffen stehen, dann half sie der armen Frau, sich von Marlon zu befreien, ohne ihn zu wecken. Sie schob ihm ein Kissen unter den Kopf.

Also, fragte sie und drückte insgeheim die Daumen. Was sagen Sie.

Ich habe ein gutes Gefühl mit ihm. Ich bin nur ein wenig steif. Ein lieber Junge. Ich hatte einen reizenden Abend. Er hat nicht einmal gemerkt, dass es dunkel wurde. Er hat mir Spaghetti gekocht.

Der Himmel schickt Sie.

Außerdem passt es mir sehr gut. Es ist nur zehn Minuten von mir, wenn normaler Verkehr ist, ich könnte ab neunzehn Uhr hier sein, wenn Sie mich brauchen, auch sonntags.

Wie haben Sie das gemacht. Ich kann es kaum glauben. So mir nichts, dir nichts. Ich bin seine Schwester, und auf meinen Knien ist er noch nie eingeschlafen. Ich bin so froh, dass es mit Ihnen funktioniert, das hat mich den ganzen Tag beschäftigt. Zwei Abende in der Woche können wir fest vereinbaren. Bitte sagen Sie ja.

Er schuldet mir eine Revanche *Ultimate Marvel*.

Sie begleitete Ann-Margaret zu ihrem Auto. Sie

informierte sie über die Polizeiabsperrung, wegen eines Kindes, nach dem in der Gegend gesucht werde.

Ach, das macht nichts, meinte Ann-Margaret, ich habe es nicht eilig. Es ist nicht sehr spät. Ich sitze gerne im Auto. Mir macht sogar ein Stau nichts aus.

Als sie den Rücklichtern nachsah, dachte Joan, dass sie eine Perle gefunden hatte. Es war wie ein Wunder. Ihr fiel ein Stein vom Herzen.

Sie blickte sich um. Es war sehr dunkel. In der Ferne leuchtete ein kleines Licht, bei Sylvie, auch ein paar Sterne standen am Himmel. Sie atmete tief ein, rief Moss zurück und ging hinein.

Marlon rappelte sich vom Sofa hoch, völlig durch den Wind.

Joan, sagte er mit großen Augen.

Ja, Marlon, ich bin's. Ich glaube, du bist eingeschlafen.

Wo, wo ist sie.

Sie ist nach Hause gefahren. Es ist spät.

Sehr nett. Sie ist sehr nett. Du riechst nach Meer.

Ja, scheint so. Ich geh mich umziehen. Sie hat gesagt, ihr hattet einen schönen Abend.

Toll. Wirklich toll.

Sie kommt wieder, sie fand es reizend. Sie meinte, ihr müsstet noch eine Partie zu Ende spielen. Wenn ich also mal später nach Hause komme, kann sie dir Gesellschaft leisten, bis ich da bin. Du kannst für sie Spaghetti kochen. Sie sagte, sie mochte deine Spaghetti. Ihr könnt auch Karten spielen.

Wie spät.

Keine Ahnung, nicht sehr spät. Ich habe mich für einen Yogakurs am Abend angemeldet. Das hatte ich schon lange vor.

Hast du gar nicht erzählt. Wusste ich nicht.

Hatte ich nicht, meinst du, kann sein. Ich hatte das völlig vergessen. Ich hab im Moment so viele Dinge im Kopf. Ich lerne viel. Dir ist das nicht bewusst, aber für mich ist das eine neue Welt. Ich meine die Leute, die Gegend und diese ganzen alten Geschichten, die auch mich betreffen, ob ich will oder nicht. Ich bin nicht auf dem Foto, auf dem ihr alle zusammen drauf seid, ich bin nicht da, du kannst nur meinen Geist sehen, kannst du mir folgen. Es ist, als müsste ich eine neue Sprache lernen. Aber genau, ja, Yoga, jetzt oder nie, habe ich gedacht. Ich schau mal. Ich werd ja sehen. Ist nicht so wichtig.

Sie schwiegen einen Moment.

Dann stand er auf, steif wie ein Brett. Ich komme wieder, sagte er. Während er zu seinem Zimmer ging, goss sie sich ein Glas ein. Er kehrte mit dem Kästchen zurück.

Wir machen es auf, sagte er und hielt ihr einen großen Schraubenzieher hin. Wir machen's, wie du sagst. Ich kümmere mich nicht mehr.

Er schob die Hände in die Taschen, sah ihr aufmerksam zu und hielt die Luft an, während sie an dem Schloss hantierte.

Es sprang auf. Jetzt mussten sie nur noch den Deckel aufmachen.

Die Ehre gebührt dir, sagte sie und schob ihm das Kästchen hin.

Nein. Nicht das. Kann nicht.

Sie öffnete es. Sie beugten sich darüber. Sie machten eine Bestandsaufnahme. Es enthielt Gordons Pass, ein Bündel Scheine, einen Schlüsselbund und eine Reihe Fotos von ihr, in allen Altersstufen.

Was ist das denn, sagte sie und lehnte sich mit einem aufgekratzten Lachen zurück. Wann hat er dir das denn anvertraut, ist schon lange her, oder.

Es lief schlecht. Mit Suzan lief es schlecht. Er wollte weg. Er war so weit. Manchmal kam sie nicht nach Hause. Hat nicht von sich hören lassen.

Sie sah ihn kurz an, nahm, fast ruppig, die Bilder zur Hand und ging sie aufgebracht durch. Marlon hingegen schien sich über die Fotos seiner Schwester zu freuen, wie sie gerade anfing zu laufen, bei der Kommunion, im SeaWorld-Park, oder, mit sechzehn, vor dem Hemingway-Haus auf Key West.

Schon gut, hör auf, sagte sie ihm. Ich finde das nicht lustig. Leg sie ins Kästchen zurück, bitte.

Bist du böse.

Nein, gar nicht, ich bin nicht böse. Ich versuche nur zu verstehen. War das alles, was er im Notfall mitnehmen wollte. Das, ein mageres Bündel Scheine und ein paar Fotos.

Ihr beiden. Er hing an euch. Ich weiß es, das weiß ich.

Das heißt, er wollte nur ein bisschen Taschengeld mitnehmen, schätze ich. Das kann wohl nur die erste Antriebsstufe der Rakete gewesen sein.

Konnte sie nicht halten, das hat er gesagt. Alle beide. Suzan und dich.

Sie dachte nach. Nicht über das, was Marlon eben gesagt hatte, sondern darüber, dass sie das Gefühl hatte, auf dem falschen Weg zu sein, ihr fehlten Elemente, vielleicht hatte sie etwas übersehen. Ihr Blick blieb an einem der Schlüssel hängen. Sie besaß einen ähnlichen.

Sie sah wieder zu ihrem Bruder, der, bis auf ein nervöses Zucken des Augenlids, reglos dastand.

Ich hoffe, du bist nicht noch der Wächter einer anderen Sache, Marlon, ich hoffe, dass du mir alles gesagt hast.

Er schüttelte heftig den Kopf.

Ist gut, sagte sie. Gehen wir an die Luft.

Das war eine gute Idee. Es war mild, der Mond schien. Sie zündete sich eine Zigarette an. Sie setzten sich auf die Stufen.

Wahrscheinlich werden wir nie herausfinden, was genau er im Sinn hatte, sagte sie schulterzuckend. Es bringt nichts, darüber zu reden. Es kommt nicht oft vor, dass man Antworten auf Fragen findet, vor allem, wenn die Geschichte an einem Baum endet.

Sie haben sich geschlagen. Gordon und Howard. Sie haben sich geschlagen.

Ja, das wundert mich nicht. Suzan war Waage mit Aszendent Waage.

Nicht wegen ihr. Gordon hat aus der Nase geblutet. Sie haben nicht über sie gesprochen. Nicht über Suzan. Mehr weiß ich nicht. Schon lange her. Danach haben wir ihn nicht mehr gesehen. Howard haben wir nicht mehr gesehen. Ffff … und weg.

Sie wackelte mit dem Kopf, ohne ihren Bruder aus den Augen zu lassen.

Dora wusste nichts davon. Jedenfalls behauptete sie das genervt, als Joan nachbohrte.

Sie waren wie Brüder, Joan, wenn sie nicht einer Meinung waren, loderte das Feuer in ihnen umso höher. Manchmal fielen sie übereinander her, haben sich beleidigt, und wenn sie sich nicht schlugen, dann waren sie kurz davor. Was du mir erzählst, wundert mich nicht, das waren keine Heiligen, weißt du.

Joan brachte ihr gähnend eine Tasse Kaffee.

Also gut, fuhr Dora fort, machst du's. Komm Joan, tu mir den Gefallen. Sag mir nicht, dass ich umsonst hergekommen bin. Das ist schon fast ein alter Herr, er wird schnell erschöpft sein. Du musst Howard nur um eine Stunde verschieben, das wird dich nicht umbringen. Joan, er gehört zu unseren treuesten Kunden, er kommt gerade aus Australien, er wird sich kaum auf den Beinen halten können.

Du weißt, dass ich mich ungern drängen lasse.

Natürlich. Du hast ja recht. Joan. Bitte.

Es war fast Mittag. Trotzdem fuhr sie noch bei ihrer Bank vorbei, um das Geld ins Schließfach zu legen, Marlon hatte ihr ihre Hälfte überlassen. Sie machte auch das andere Schließfach ausfindig, hinter ihr und um einiges größer als ihres. Aber jetzt hatte sie keine Zeit. Und was auch immer drin war, es würde nicht davonfliegen. Sie kannte die Bank gut. Diskrete Mitarbeiter, ernsthaft, unaufdringlich. Freundlich. Eiserne Verfechter des Bankgeheimnisses. Sie schloss den anderen Schlüssel, den von Gordon, in ihrem Fach ein, zwischen den Ersparnissen. Beim Hinausgehen grüßte sie den schneidigen jungen Mann mit der Pomade im Haar, der für die Schließfächer verantwortlich war. Augenscheinlich mochte er seinen Job.

Sie hielt bei der Apotheke, manchmal kam es vor, dass sie etwas trocken war, wenn sie keine Lust hatte, was heute der Fall war. Er hatte weißes Haar, behandelte sie respektvoll und war noch rüstig. Die Reise hatte ihn allerdings erschlafft, umso besser für sie. So brauchte sie nicht viel zu tun. Und für die Konversation sorgten die Kängurus, das Korallenriff und Perth, das das andere Ende der Welt zu sein schien.

Am frühen Nachmittag ließ sie ihn seinen Gedanken nachhängen. Sie zog sich wieder an und steckte die Scheine ein, die er auf den Nachttisch gelegt hatte.

Eine Stunde musste sie bis zur Verabredung mit Howard rumbringen. Sie musste warten, bis die Putzfrau die Betten frisch gemacht, die Handtücher ersetzt hatte und so weiter. Das war mit einer der Gründe, weswegen sie nicht gern zwei Kunden am gleichen Tag hatte – oder vielleicht war sie auch raus aus dem Alter, vielleicht hatte sie langsam genug gesehen. Sie ging und setzte sich auf eine Bank am Charles River. Sie schloss die Augen.

Sie schrak hoch, als Howard sie an der Schulter

berührte. Sie wollte aufstehen, aber er hielt sie zurück. Alles gut. Es eilt nicht, sagte er und setzte sich neben sie. Ich habe dich beim Parken von weitem gesehen.

Auch er war nicht mehr ganz jung, aber das war nichts im Vergleich zu dem, den sie mit seitlich von sich gestreckten Armen in Schlaf versunken auf dem Bett des Studios zurückgelassen hatte. Nein, Howard war ein anderes Kaliber, Howard war ein Matador, wie eines der Mädchen sagte. Die Sorte Mann, die eine Frau zwang, sich vorzusehen.

Er ging zwei Bier holen. Sie war ihm dankbar, dass sie nicht sofort wieder ranmusste. Sie reckte sich.

So ein Tag, es wäre schade, ihn nicht zu nutzen, sagte er, als er zurückkam.

Sie saßen einen Moment schweigend da und schauten auf den glitzernden Fluss.

Ich werde nicht lange hier in der Gegend bleiben, ich sag es dir noch mal. Das Klima ist nichts für mich. Wir könnten in Kontakt bleiben. Hast du mit Marlon gesprochen.

Nicht wirklich. Aber komm doch einfach am Wochenende. Ich geh mit ihm irgendwohin. Im Übrigen weiß er Bescheid. Ich sag nicht, dass er es gut findet, aber der Anfang ist gemacht. Das muss er erst mal verarbeiten.

Weißt du, dass deine Mutter panische Angst davor hatte. Vor dem, was du tust.

Ja, ich weiß. Jedes Mal, wenn wir uns sahen, hat sie davon geredet. Was anderes hatte sie mir nicht zu sagen.

Sie hat sich wirklich Sorgen um dich gemacht.

Gordon auch, wenn ich richtig verstehe. Du weißt es nicht, aber ich habe wie in einem Kokon gelebt. Verhätschelt ohne Ende. Ich bin vor fünfzehn Jahren von zu Hause weggegangen, Howard. Ich kannte sie nicht mehr. Sie machten von morgens bis abends ihr Ding, da war für nichts anderes Platz.

Jedenfalls kannst du stolz auf sie sein. Falls es dir hilft.

Nein, tut es nicht. Ich empfinde nichts dabei. Sie haben getan, was sie tun mussten. Da gibt es nichts zu diskutieren. Sie mussten die Welt retten.

Irgendwas muss man ja tun. Wir konnten nicht nur reden und Däumchen drehen. Wir haben die sabotiert, uns quergestellt. Ich hoffe, du verstehst langsam, warum ich mich unbedingt noch mal unten im Haus umsehen will. Auch um keine Spuren zu hinterlassen. Ich bin nicht paranoid, ich bin vorsichtig. Man kann nicht vorsichtig genug sein.

Natürlich, antwortete sie. Los, komm, die Zeit läuft.

Er würde ihr fehlen. Wenn er abreiste, würde die Erinnerung an ihre Treffen sie wahrscheinlich in träumerische Stimmung versetzen. Howard wusste, was er tat. Sie hatte schon einige erlebt, die Techniker, die ganz Gründlichen, solche, die ihre wilde Seite auslebten. Howard hatte von allen das Beste, er beherrschte die perfekte Mischung. Sie hatte gestöhnt wie eine Sau, sie versuchte gar nicht erst, sich das auszureden. Gott weiß, das kam nicht oft vor. Suzan musste es umgehauen haben. Der radikale Aktivist, der perfekte Liebhaber. Wenn da nicht der Teufel seine Hände im Spiel gehabt hatte. Die Verlockung muss zu groß gewesen sein. Arme Mama, dachte sie.

Er berührte ihren Schenkel.

Weißt du, sagte er, wir haben uns zerstritten. Ich hatte sie seit einer Weile nicht mehr gesehen, ich wusste nicht einmal mehr, was sie taten. Da muss man unbedingt ein bisschen aufräumen.

Ja, ich hab verstanden. Langsam kommt sie mir komisch vor, diese Eile.

Der Sheriff war bei mir und hat mir auf die Finger geklopft. Daher die Eile, wie du es nennst. Ich traue dem Wichser nicht. Allerdings würde ich seinen Rat heute eher befolgen. Ein ruhiges Leben hat was für sich. Ich habe gegeben, was ich konnte, glaube ich. Ich könnte nicht mehr mit ganzem Herzen dabei sein, das ist vorbei. Ich renne nicht mehr schnell genug.

Erschöpft kam sie gegen elf Uhr abends nach Hause. Sie saßen vor dem Fernseher. Sie erklärte ihnen, dass sie sich nicht um sie kümmern sollten, und ging in die Küche, wo sie sich ein großes Glas Orangensaft mit Wodka machte.

Allein am Fenster, in dieser stillen, klaren Sternennacht, huschte ein Lächeln um ihre Mundwinkel beim Gedanken an Howards Miene, als sie ihn gefragt hatte, ob er nicht bald fertig sei, sie für dumm zu verkaufen. Ihr Ton, ihr Blick waren genau richtig gewesen. Er hatte eine Weile gebraucht, um wieder steif zu werden. Das Gesicht von jemand, der gepfändet wird. Mit stockendem Atem.

Sie leerte ihr Glas und gesellte sich zu Marlon und Ann-Margaret, die aneinandergelehnt und mit Taschentüchern auf dem Sofa saßen und *Die Brücken am Fluss* anschauten.

Sie ermunterte sie, ruhig das Ende noch zu sehen, es störe sie gar nicht, sie setzte sich in einen Sessel und blickte an die Decke. Keine Sekunde des Moments, in dem er zögerte, seine Karten auf den Tisch zu legen, war ihr entgangen. Auf seiner Stirn waren Falten gewesen, vom angestrengten Nachdenken, vom Kampf, den er mit sich austrug, von der Schwierigkeit, das Für und Wider abzuwägen, schnell zu entscheiden, zum richtigen Trank zu greifen. Sie hatte unbeirrt abgewartet, hätte ihn stehen gelassen, das hatte er deutlich gespürt. Das war der Preis für die Eintrittskarte in den Keller, so lautete ihre Botschaft.

Ann-Margaret holte sie aus ihren Gedanken. Sie ging. Sie tupfte mit dem Taschentuch eine übriggebliebene Träne weg und wollte ihr noch ein paar Worte sagen. Joan begleitete sie zu ihrem Wagen und hörte ihr zu.

Ich sage Ihnen, wie es ist, begann Ann-Margaret. Also. Marlon hat sexuelle Bedürfnisse, wissen Sie.

Joan war derart überrascht und belustigt, dass es ihr die Sprache verschlug.

Hören Sie, fuhr Ann-Margaret fort und senkte den Blick, ich kann mich darum kümmern, wenn Sie wollen.

Am nächsten Morgen saß Joan auf der Veranda beim Frühstück, als Marlon herauskam. Sie beobachtete, wie er auf sie zukam, sich setzte. Sie sah ihn eine Weile an.

Ist was, fragte er.

Nichts, antwortete sie lächelnd. Ich guck dich nur an. Vorhin saß ein kleiner roter Vogel mit schwarzen Flügeln auf dem Geländer.

Vermilion Flycatcher, sagte Marlon.

Am Wochenende schauen wir, ob wir ihnen ein Haus besorgen können. Ich helfe dir beim Aufhängen.

Ja, das ist schön. Gute Idee. Wir sind vorsichtiger.

Natürlich. Und jetzt hör mir gut zu, Marlon. Und mach kein Theater, okay. Howard wird vorbeikommen und einen Blick in den Keller werfen.

Er stieß ein kleines tierisches Heulen aus, aber sie sprach weiter.

Sonst haben wir keine Ruhe. Du musst das verstehen. Wir können ihn nicht vor die Tür setzen, aber er wird von selbst gehen. Wenn er fertig ist mit seiner verdammten Inventur. Vorher nicht. Verstehst du, was ich sage.

Er kippelte mit seinem Stuhl und rieb sich aufgeregt die Schenkel.

Sie beäugte ihn einige Sekunden mit festem Blick.

Kann ich auf dich zählen. Ich muss das wissen. Worum ich dich bitte, ist nicht unmöglich. Ich tu, was ich kann, weißt du. Ich weiß, wer er ist. Also lass uns keine Welle machen, Marlon. Ich habe keine Lust, dass sich das hochschaukelt. Ich will, dass dann hier Schluss ist. Das steht schon zu lange aus. Hör mal kurz auf, dir die Beine zu reiben.

Guck mich an. Wir müssen an einem Strang ziehen, du und ich. Meinst du, du kannst dir einen Ruck geben. Das wäre gut.

Sie ging aus dem Haus und stoppte auf dem Weg, um Sylvie und ihr Baby mitzunehmen.

John geht wegen dieser Kindesentführung auf dem Zahnfleisch, sagte Sylvie. Er hat vergessen, das Licht auszumachen, deshalb hat er meinen genommen. Ich hab ihm gesagt, John, und was soll ich mit meinem Termin beim Kinderarzt machen. Er meinte, nimm dir ein Taxi, aber hier gibt es natürlich keins. Manchmal fühlt es sich an, als würden wir in der Pampa wohnen, findest du nicht. Beacon Hill wäre mein Traum.

Joan hielt im Zentrum an, damit Sylvie auf der Rückbank ihr Baby stillen konnte. Ich wollte erst nicht, erklärte sie. Aber die ganzen Horrorgeschichten, die man über Bisphenol lesen kann, danach hab ich keine Sekunde mehr gezögert. Ich war mit Gordon und Suzan ganz einer Meinung. Deine Eltern hatten recht. Sie werden uns alle umbringen. Wenn nicht die Banken, dann die Labore. Echt, denen fällt bestimmt noch ein, was man aus radioaktivem Abfall herstellen könnte, da hab ich vollstes Vertrauen. Lollis zum Beispiel. Oder Schnuller.

Ja, Sylvie, aber ich steh hier nicht gut. O nein, ist nicht wahr. Da kommt ein Polizist.

Was, ach, mach dir keinen Kopf. Wer ist es denn.

Der Polizist klopfte ans Fenster. Es war ein junger. Ganz steif in seiner Uniform.

Es wurde recht schnell laut zwischen den beiden. Sylvie wartete nicht ab und griff nach ihrem Handy. John, ich bin's. Ich hab hier ein Problem. Mit einem Polizisten. Ja, hab ich ihm gesagt. Außerdem stille ich gerade. Ich bin mit Joan hier. Ja, ich geb ihn dir. Kuss.

Der Polizist legte das Telefon an sein Ohr und verzog keine Miene, eine gute Minute verharrte er so, mitten auf dem Gehweg. Dann klappte er das Telefon zu und reichte es Sylvie. Sobald er es übergeben hatte, trat er einen Schritt zurück und beugte leicht die Beine, eine Hand an der Waffe. Madam, bitte steigen Sie aus dem Wagen, knurrte er. Sind Sie taub, Madam, steigen Sie sofort aus dem Wagen, bellte er.

Sie blieben wie erstarrt sitzen.

Er gluckste und richtete sich mit einem breiten Lächeln wieder auf. Allzu lang sollten Sie hier nicht stehen bleiben, sagte er und drehte sich weg. Das ist hier ein Fußgängerüberweg, die Damen.

Beide waren sprachlos.

Der Kerl hat sie ja nicht mehr alle, stöhnte Sylvie. Aber er weiß schon, was er riskiert. Ganz schön mutig.

Sehr guter Schauspieler, fand auch Joan. Ich hab jetzt noch Gänsehaut.

Wenige Minuten später war sie bei Dora. Es waren mindestens zehn Kundinnen im Laden, und als Dora sie sah, rang sie sich hinter ihrer Sonnenbrille ein blasses Lächeln ab.

Bis zur Mittagszeit hatten sie keine Gelegenheit, auch nur ein Wort zu wechseln. Das Wetter war schön, in den Straßen waren eine Menge Leute unterwegs, die letzten Schneehaufen waren geschmolzen. Die Kundinnen standen vor den Umkleidekabinen Schlange. Die Menschen schienen guter Laune zu sein.

Sie schlossen ab, um etwas essen zu gehen. Dora schob die Brille hoch, um Joan ihr blaues Auge zu zeigen. Sie wollte nicht darüber sprechen. Dummheit tut weh, meinte sie. Hab ich immer schon gedacht.

Sie gingen zu Bread & Circus und nahmen ihr Essen mit zur ersten Bank, die sie am Flussufer fanden – der Anblick der jungen Männer mit den schmerzverzerrten Gesichtern, die wie die Hunde ruderten, hatte eine seltsam entspannende Wirkung.

Dora streckte die Beine aus und seufzte. Ich hab gestern eine gute Rückmeldung von deinem ersten Kunden bekommen. Er ist angetan.

Er geht abends nicht gerne raus, das passt mir gut.

Der ist ein Geizhals. Aber das sind sie ja fast alle. Und wie du weißt, ein Makel kommt niemals allein. Das ist nur die Spitze des Eisbergs. Kannst du mir sagen, warum man immer wieder drauf reinfällt. Wo in uns ist diese Schwachstelle. Wo in unserem verdammten Gehirn.

Joan zuckte mit den Schultern. Es geht schon, antwortete sie. Er vögelt wie ein alter Herr. Er ist kein Langstreckenläufer, es ist nicht so anstrengend mit ihm. Und er ist sehr sauber, er riecht nach Ambre Sultan von Serge Lutens und schläft auf mir ein wie ein Baby. Die Haare noch ganz ordentlich.

Dora schob ihre Brille hoch, um eine Träne wegzuwischen. Joan stellte ihren Teller neben sich ab, um sie in die Arme zu nehmen. Ein paar weiße Segel glitten sachte über den Fluss – ein Rennen war das nicht.

Am Nachmittag hielt John vor dem Laden und hupte, um sich bei Joan zu bedanken, dass sie Sylvie zu ihrem Termin gebracht hatte. Und komm mal bei mir im Büro vorbei, sagte er. Ich hab was für dich.

Die anwesenden Polizisten drehten sich alle nach der hübschen Frau um, die an diesem feuchten

Spätnachmittag an die Tür des stellvertretenden Sheriffs klopfte. Ein schlichter kleiner Rock, nicht zu kurz, und die Typen fächerten sich mit dem Stapel Papier, den sie für gewöhnlich zwischen den Schreibtischen hin und her trugen, Luft zu.

Um vor den anderen anzugeben, bevor er sie wieder an die Arbeit schickte, erhob sich John, um hinter ihr die Tür zu schließen. Er machte noch die Lamellen dicht, dann setzte er sich.

Er zog eine seiner Schubladen auf. Ich will dir etwas geben, sagte er und schob die Hand hinein. Zum Vorschein kam ein Revolver, den er zufrieden musterte. Smith & Wesson. Vierhundertsechzig Magnum, sagte er, den mag ich, glaube ich, am liebsten. Er hantierte eine Weile lächelnd damit.

Ist doch wirklich schön, fuhr er fort. Und wie der in der Hand liegt, mein Gott, man will ihn gar nicht mehr loslassen. Jedenfalls gehört er dir, er lag im Auto unterm Sitz. Gordons Waffenschein war in Ordnung. Nimm ihn mit zu dir, räum ihn weg. Marlon kann dir zeigen, wie man ihn benutzt.

Marlon zeigt mir, wie man einen Revolver benutzt. Sag das noch mal.

Genau, und er stellt sich gut an. Dein Vater hat ihn manchmal in den Verein mitgenommen, und es gab nie Probleme. Unsere Meinungsverschiedenheiten haben wir am Eingang abgelegt.

Ich bin nicht sicher, ob ich den haben will. Ich mag die Vorstellung nicht besonders.

Ja, verstehe ich. Nimm ihn trotzdem. Du sollst ihn dir ja nicht an den Gürtel hängen. Eine Frau, die allein lebt und ohne Waffe, heutzutage, ich will ja nichts sagen, aber der müsste man das Hirn durchleuchten.

Sie schnitt eine Grimasse, hielt ihm dann aber ihre geöffnete Tasche hin. Er ließ die Waffe hineinfallen.

Und Howard, fragte er. Keine Neuigkeiten. Ist er immer noch in der Gegend.

Ich weiß es nicht. Ich habe ihn seitdem nicht gesehen. Aber lustig, dass du mich fragst. Er will morgen vorbeikommen. Ich hab ihn gebeten, mir diesen ganzen Papiermüll vom Leib zu schaffen, den sie mir hinterlassen haben.

Hättest du mir was gesagt. Ich wäre mit einem meiner Jungs gekommen.

John, du hast sicher Besseres zu tun, als dich darum zu kümmern. Ich hätte deine Hilfe abgelehnt, wenn du sie mir angeboten hättest. Sylvie findet, dass du zu viel machst und dich nicht genügend ausruhst.

Mich ausruhen. Die macht Witze. Mich ausruhen. Und die kleine Prinzessin brüllt abends, wenn ich komme, bis zum Morgen, wenn ich die Fliege mache. Das sind diese Momente, in denen ich an dich denke, an diese Lehrstunde in Sachen Mut, die du mir erteilt hast. Manchmal, da fragt Sylvie mich, was ich da vor der Tür rumstehe. Mir kommt dann immer dieses Gedicht von Cendrars in den Sinn. Wenn du liebst, musst du gehen, bla, bla, bla. Da kannst du dir nur an den Kopf fassen, lächerlich, oder.

Joan blieb skeptisch.

Und dann dieses verschwundene Kind, sprach er weiter. Keine Lösegeldforderung, nichts. Die Nerven liegen blank. Ich mache nur noch kurze Nickerchen. Ich komme quasi nur nach Hause, um mich umzuziehen. Kein Teich in der Gegend, den wir nicht ausgebaggert hätten. Wir sitzen in der Scheiße.

Sie erhob sich, und er begleitete sie zum Ausgang. Der Abend brach an.

Was muss ich damit machen, erkundigte sie sich und zeigte auf ihre Tasche. Muss ich den anmelden oder was.

Er machte eine Geste, als würde er eine Fliege verscheuchen, und verzog das Gesicht.

Nicht doch, mach dich nicht verrückt deswegen. Da ist eine Waffe bei dir zu Hause. Die ist in Ordnung. Sie gehörte deinem Vater. Du musst ja nicht mal wissen, dass es sie gibt.

Er gab ihr seine Karte mit der Durchwahl, sollte es je Probleme geben.

Weißt du, ich sag dir mal was. Ich hatte einen guten Draht zu deinen Eltern. Wir standen nicht auf der gleichen Seite, aber wir waren gute Nachbarn. Zweimal hab ich deinen Vater in die Zelle gesperrt. Und sobald er raus war, war das kein Thema mehr. Da war nichts zu besprechen, jeder hat getan, was er tun musste. Morgens sind wir uns beim Bäcker über den Weg gelaufen, beim Hörnchen kaufen.

Dann umarmten sie sich, und sie beeilte sich heimzukommen. Noch war es Tag. Die Sonne ging gerade erst am Horizont unter.

Joan war sprachlos, als Marlon seine Waffe auf die Zielscheibe abfeuerte. Die Ruhe, die er plötzlich ausstrahlte, die Sicherheit seiner Bewegungen, die Schnelligkeit seiner Ausführung. Sie fragte sich, ob sie vielleicht träumte, da schob er schon neue Patronen in die Trommel.

Jetzt du, sagte er und reichte ihr den Revolver. Du bist dran.

Marlon, ich weiß nicht, was ich sagen soll.

Sag es einfach.

Nein, ich meine, ich bin so beeindruckt.

Marlons Miene hellte sich auf. Das wurde auch

Zeit. Seit Howard frühmorgens an die Tür geklopft hatte, machte er ein finsteres Gesicht. Wie sieben Tage Regenwetter, dabei war es draußen herrlich.

Gordon hat es mir beigebracht, erklärte er. Das ist kein Spielzeug.

Na endlich. Ist es wieder gut. Fühlst du dich ein bisschen besser, Marlon.

Er antwortete nicht. Er legte ihr die Waffe in die Hände, zeigte ihr die richtige Schusshaltung, sagte ihr, sie solle sie gut festhalten, auf den Rückstoß aufpassen.

Marlon, das war nicht mal eine Minute, nur bis ich die Schlüssel gefunden hatte, damit er von draußen reingehen kann. Eine Minute. Eine Minute ist nicht viel. Und mehr war es nicht.

Atmen. Konzentrier dich. Nicht reden.

Wir haben seit heute Morgen kein Wort gewechselt. Da es dir besserzugehen scheint, nutze ich die Gelegenheit.

Er setzte sich den Gehörschutz auf und bedeutete ihr, es ihm gleichzutun und zu schießen.

Zwischen den Schüssen korrigierte er ihre Haltung und gab ein paar Tipps. Aber sie hatte zum ersten Mal in ihrem Leben eine Waffe in der Hand und war kein Naturtalent.

Sie setzten sich auf die Terrasse der Cafeteria und schrieben unter den ausweichenden Blicken einiger vorbeikommender Vereinsmitglieder eine Einkaufsliste. Die Tochter der beiden Fanatiker mit ihrem spinnerten Bruder.

Es gab nur Idioten in dieser Gegend. Sie hätte ein kleineres Haus in Cambridge vorgezogen. Viel praktischer für ihre Zwecke, praktischer für alles. Die Zeit, die sie im Verkehr verlor. Und um mal andere Gesichter zu sehen. Sylvie und John waren mit Abstand die einzigen brauchbaren Nachbarn. Zum Glück gab es sie. Auch, dass John stellvertretender Sheriff war, konnte nicht schaden. Man ließ sie in Ruhe, passte auf, was man sagte. Schlimmstenfalls zeigte man ihnen die kalte Schulter, war nicht sehr freundlich – aber das ließ Joan kalt, sollten sie doch den Rest ihres Lebens herumgrübeln und an Ort und Stelle verfaulen.

Sie reckte sich. Er lächelte vor sich hin. Sie legte eine Hand auf seine Schulter und sagte, komm, wir gehen. Als Erstes wollten sie ein Vogelhäuschen kaufen. Es gab viele verschiedene Modelle, Marlon zögerte. Er ließ sich zu jedem Häuschen alles erklären, und als sie mit dem letzten fertig waren, ging er mit dem still leidenden Verkäufer zurück zum ersten und machte auf ein Neues die Runde. Solche Szenen waren charakteristisch für eine kranke Gesellschaft, eine Gesellschaft, in der ein Kerl keine Kraft mehr hatte, alles hinzuschmeißen.

Ein Glück kommt selten allein, so dass Marlon nach der Schießübung noch die Einkäufe wegräumen durfte, und Joan nutzte seine hingebungsvolle Vertiefung in diese Aufgabe, um nachzusehen, wie weit Howard mit seiner Suche gekommen war. Sie hatte ihm ein Pastrami-Sandwich mitgebracht, aber er sah kaum von seinem Rechengerät hoch. Er hatte Tonnen von Papier in einem Halbkreis vor sich liegen, wacklige Blätterstapel, die er zu sortieren schien. Wie ein Bergmann in einem engen Schacht.

Ich bin bei über fünfhunderttausend Dollar, und das ist erst die Hälfte, seufzte er. Aber wo er die vergraben hat, ist eine andere Sache. Ich komme morgen wieder, ich hoffe, ich finde etwas. Und du denkst auch noch mal nach.

Sie lachte laut auf. Was soll ich da nachdenken, Howard, da steige ich aus. Du kanntest sie hundertmal besser als ich. Ich habe noch nicht einmal alle Hausschlüssel gefunden.

Er nahm ihr das Sandwich ab und hockte sich hin. Er biss hinein und sah weiter nach unten, hob aber einen Finger.

Weißt du, sagte er, ich wollte es schon fast bleibenlassen, den Koffer lieber nicht packen und nicht herkommen, aber dann kam meine Frau ins Zimmer und meinte, Howard, Howard, wir müssen uns Gewissheit verschaffen. Ab da war ich wie unter Strom.

Du hast also eine Frau. Der Gedanke war mir noch gar nicht gekommen.

Ja, sie war Teil der Gruppe. Es war zu Ende mit Suzan und Gordon, es war schlimm, dann kam Hinge. Wir konnten nicht mehr. Sie war da, sie forderte nichts. Sie hat mir geholfen, das zu überstehen. Ich habe auch einen kleinen Jungen, er ist zwei. Das geht so schnell.

Er schwieg eine Weile, den Kopf zur Seite geneigt, den Blick ins Leere gerichtet.

Das hat aber nichts mit dem zu tun, was uns beschäftigt, sprach er weiter. Wir müssen uns in Gordon hineinversetzen, denken wie er. Uns die richtigen Fragen stellen, den richtigen Blick haben, uns das Hirn zermartern. Weißt du, ich glaube, das, was wir suchen, ist hier, und ich glaube, wir werden es finden.

Er streckte die Hand nach ihr aus, aber sie war schneller und wich zurück.

Nicht hier, sagte sie. Nicht in diesem Haus. Muss ich es dir wirklich erklären.

Er verdrehte genervt die Augen.

Sie ging hinaus in den Garten, zu Marlon, der prisenweise das Vogelhäuschen mit Körnern füllte.

Du hältst die Leiter, sagte er. Aber gut fest.

Soll ich nicht nach oben steigen, und du hältst die Leiter.

Nein, ich mache das. Ich hänge es auf. Ich.

Howard hatte seinen Wagen auf der anderen Seite des Hauses geparkt, am Eingang zum Keller, so dass er nicht zu sehen war. Marlon schien seine Anwesenheit vergessen zu haben. Es fiel ihm schwer, die Knoten aus Draht zu machen, und es strengte ihn an, aber er behielt sein Gleichgewicht, und die Sache ging voran.

Wo ein anderer, einigermaßen geschickter Mensch zwei Minuten gebraucht hätte, brauchte Marlon zehn. Aber wenn nicht eine Windböe es fortwehte oder sich ein Adler draufsetzte, müsste es halten, beschlossen sie, als ihnen schon die Arme und Beine kribbelten.

Wir haben gut gearbeitet. Es gefällt mir, meinte er und legte seine Hand auf ihre Schulter.

Es kam selten vor, dass er sich zu derlei Gefühlsbekundungen hinreißen ließ. Sie schauten das Häuschen an, das sanft im Wind schaukelte. Fehlten nur noch die Vögel.

Der Tag neigte sich dem Ende zu, und sie goss gerade die Blumen, als Howard hinten im Garten auftauchte. Marlon war zufällig drinnen. Sie drehte den Hahn zu und ging raschen Schrittes zu ihm. Sie war im Begriff, ihm zu sagen, dass es Zeit für ihn sei zu gehen, da wedelte er mit einem Blatt Papier vor ihrer Nase herum. Er hatte noch seine Brille auf die Stirn geschoben.

946 648 Dollar. Ich habe alles gefunden. Gordon hat 946 648 Dollar gehortet. Der Hund. Ich wusste es. Aber jetzt hör ich auf, ich kann nicht mehr. Tja, jetzt müssen wir das Geld nur noch finden. Das feiern wir dann aber, das sag ich dir.

Ich weiß nicht, ob ich es bis dahin aushalte.

Was für ein Schlitzohr, der Hund. Ich werd nie wissen, was ich von ihm halten soll. Irgendwas zwischen Misstrauen und Bewunderung.

Er sah sie lächelnd an und versuchte abermals, sie zu umarmen.

Ich frage mich, flüsterte er ihr ins Ohr, ich frage mich, warum eine Frau wie du niemand hat. Erklär mir das mal. Du hast nichts, du hast keinen Freund. Das ist irre.

Er begann, sie zu befummeln. Sie schob ihn weg.

Was hast du denn, fragte er genervt.

Nichts.

Als sie wieder ins Haus ging, fragte er sie, ob er seinen Anhänger dalassen könne.

Am nächsten Tag, im Morgengrauen, wurde sie von Geräuschen geweckt. Sie lauschte, dann zog sie sich einen Morgenmantel über und ging ums Haus herum. Die Sonne war noch nicht zu sehen. Howard war dabei, im Keller Möbel zu verschieben.

Howard, was machst du denn da, rief sie ihm zu. Es ist fünf Uhr morgens, sag mal, bist du verrückt.

Tut mir leid, wenn ich dich geweckt habe, antwortete er. Aber Joan, ich mach hier keine Ferien, ich geh hier nicht spazieren. Je schneller wir diese Angelegenheit geregelt haben, desto besser für alle. Es wird hell, oder.

Sie deutete eine Geste der Machtlosigkeit an, schüttelte den Kopf und ging zurück ins Bett.

Einige Stunden später weckte sie Marlon, um ihm zu sagen, dass er mit ihr mitkommen solle, denn unten sei Howard. Sie würden den Vormittag gemeinsam verbringen. Später würde sie ihn bei Dora lassen, da sie zu tun habe, und ihn dort gegen Mitternacht wieder abholen. So oder du bleibst hier, erklärte sie ihm. Er war auf den Beinen, noch bevor sie das Zimmer verlassen hatte. Nimm deine Spiele mit, deine Musik. Sie schlossen das Haus ab und stiegen ins Auto. Draußen war es jetzt schön, der Morgentau war verschwunden.

Sie frühstückten am Harvard Square. Es waren etwas zu viele Leute dort, etwas zu viele Touristen, aber Marlon wollte unbedingt. Veranstaltungen, Musiker, Jongleure, es gab immer etwas, das ihn interessierte.

Doras blaues Auge war nicht allzu schlimm, und überschminkt sah man fast nichts mehr davon – Marlon, der sicher eine Grimasse gemacht und mit dem Finger auf das entsetzliche Ding in ihrem Gesicht gezeigt hätte, hatte nichts bemerkt, das war ein gutes Zeichen.

Hat Howard dir davon erzählt, fragte Dora freiheraus und zog nervös an ihrer Zigarette.

Sie machten eine Pause, auf dem Gehweg. Marlon hatte die Hintertür zum Hof geöffnet und kickte seinen Ball gegen die Wand. Joan machte ihm Zeichen durchs Fenster.

Nein, kein Wort, antwortete sie und drehte sich zu Dora um. Er sortiert, er räumt auf, ich weiß nicht, was er macht. Es kommt nichts dabei heraus, habe ich den Eindruck.

Natürlich nicht. Er träumt sich was zusammen. Aber die Sache ist komplizierter. Er will sich an deinem Vater rächen, er will das letzte Wort haben. Er hat es nicht ertragen, dass ich ihm was von seinem Minderwertigkeitskomplex erzählt habe, ich bin zu blöd, hätte ich nur den Mund gehalten. Die Wahrheit tut immer weh. Ich kann es kaum erwarten, dass er zurückgeht, wo er hergekommen ist. Ich bin enttäuscht. Man sagt, Männer altern gut, aber das stimmt nicht immer.

Joan überließ sie am Nachmittag sich selbst, um

sich fertig zu machen. Sie holte bei der Reinigung einige Sachen ab und fuhr heim. Howards Wagen stand noch am selben Fleck. Der Anhänger war mit Mülltüten und Kartons beladen.

Sie machte gerade die Tür auf, als er hinter ihr auftauchte. Er trug ein weißes T-Shirt mit Rändern unter den Armen und um den Hals.

Gut, also, sagte er blinzelnd, wegen der Sonne, ich habe den ganzen Saustall durchsucht und nichts gefunden.

Du würdest es mir natürlich sagen.

Ach, komm, jetzt ist nicht der Moment. Hör zu. Ich muss ihr Zimmer durchsuchen. Ich bin unten nicht ganz fertig, aber den Rest musst du selbst hinkriegen.

Sie versteifte sich. Nicht vor Überraschung, denn sie hatte sehr wohl gewusst, dass er das fordern würde, sie versteifte sich, weil es jetzt so weit war.

Wir haben vom Keller gesprochen, erwiderte sie. Nicht vom Haus.

Ich weiß. War nicht vorgesehen. Aber nichts davon war vorgesehen. Auch nicht, dass sie gegen einen Baum knallen und es jetzt so weit kommt.

Den Teppich rausreißen, die Matratzen aufschneiden, ist es das, was du vorschlägst.

Erst mal nicht, antwortete er. Lass mich mir erst einen Überblick verschaffen. Ziehen wir an einem

Strang oder was. Was machst du es denn so kompliziert, meine Güte.

Sie öffnete die Tür, aber statt einzutreten, hielt sie inne und drehte sich dann langsam zu ihm.

Howard, bring erst mal zu Ende, was du zu tun hast. Und jetzt lass mich, ich muss nachdenken.

Worüber denn, Scheiße. Worüber musst du nachdenken. Da gibt es nichts nachzudenken. Ich will nur ihr Zimmer sehen, mehr nicht. Ich bitte dich nicht wirklich um Erlaubnis.

Das ist jetzt nicht sehr nett von dir, Howard. Wir sprechen noch darüber, aber gerade habe ich es eilig. Ich muss mit Marlon darüber reden.

Was, schrie er auf. Du machst dich lustig, Joan, du verarschst mich.

Joan spürte, wie sich die Plastikfolie aus der Reinigung an ihren Arm klebte.

Ich erinnere dich daran, dass es das Zimmer unserer Eltern ist. Er hat dazu vielleicht eine Meinung. Ich kann ihn verstehen.

Ach ja. Und wenn er nein sagt, der Spast, was machen wir dann. Dann lassen wir es bleiben, klar. Wir streichen die Million einfach. Wenn du die Kohle nicht willst, ich nehme deine Hälfte gerne.

Du stellst dich ungeschickt an, Howard.

Scheiße, ich habe genug Probleme gehabt mit deinen Eltern, ich will nicht noch welche mit euch.

Ich spreche mit Marlon darüber. Ich rufe dich morgen an. Toll, dein Empfang.

Gut. Rede mit ihm, schnell. Heute Abend werde ich unten fertig sein.

Sie öffnete den Mund, wollte ihm antworten, überlegte es sich aber anders. Tatsächlich gab es nichts mehr zu sagen. Sie ging hinein und verschloss hinter sich die Tür. In der Küche trank sie ein großes Glas Wasser, dann begann sie, sich vorzubereiten.

Er hieß Steeve. Er wollte zu einer Cocktailparty begleitet werden und eine Frau in High Heels dabeihaben, Konversation inklusive. Ein Typ um die dreißig, der an der Westküste ein Vermögen gemacht hatte und jetzt heimkehrte, in die Zivilisation.

Der Abend fand auf einem großen Boot statt, das vor der Commercial Wharf vor Anker lag. Es war gut besucht, die Stimmung wie im Rotary Club. Steeve stellte Joan als seine neue Freundin vor. Als sie gerade von einer Gruppe zur anderen gingen, nutzte er die Gelegenheit und flüsterte ihr ins Ohr, wie erfreut er über ihre Darbietung war. Er schien mit allen Leuten bekannt zu sein. Er drückte ihren Arm.

Sie brauchten zehn Minuten, um die Bar zu erreichen. Sie bestellte einen Gin-Fizz, während er eine Gruppe von Freunden begrüßte.

Der Abend versprach, alles andere als aufregend zu werden. Während sie trank, fielen ihr unter den Leuten zwei Mädchen auf, die sie kannte, zwei, die für Dora arbeiteten. Die Jüngere, Vickie, gab sich noch ein Jahr, um aufzuhören. Das sagte sich Joan auch jedes Jahr. Alle sagten sie sich das. Corinne war etwas älter, sie war Mutter und Hausfrau und zog die Männer an wie das Licht die Insekten, und das trotz dieses strengen Haarknotens, dieser tadellosen bürgerlichen Art, die sie verkörperte, ohne sich allzu sehr anzustrengen, dabei war sie biestig wie nur was.

Sie fragten Joan, wie das Leben so war, in der Vor-Vorstadt, um nicht zu sagen, auf dem Land. Joan verzog das Gesicht. Es ist noch zu früh, um das sagen zu können. Natürlich fehlt mir etwas.

Für mich wäre das nichts, erklärte Corinne. Das könnte ich nicht.

Da müsste mich schon jemand zwingen, stimmte Vickie zu.

Andererseits sieht man, wie der Frühling kommt, hielt Joan dagegen. Und es schafft Distanz.

Weißt du, ich beneide dich darum, so stark zu sein, gab Vickie zu. Als meine Mutter gestorben ist, habe ich zehn Kilo abgenommen. Ich hab nichts mehr runtergekriegt. Ich hab an dich gedacht. Und bei dir war es ja auch noch der Vater. Die volle Ladung.

Wir haben Dora gefragt, ob wir was für dich tun können, ergänzte Corinne. Sie meinte, du kommst zurecht. Aber unser Angebot steht.

Wir kannten deine Eltern, flüchtig. Wir haben sie manchmal mit Dora gesehen. Das hat uns ganz schön geschockt, Corinne kann es dir sagen. Und mit deinem Bruder, geht es.

Wir lernen zusammenzuleben, antwortete Joan mit einem Schulterzucken. Wir versuchen es. Aber ein Kerl, der den Haushalt macht und nicht viel redet, das ist schon eine Art Wunder.

Die Leute standen in Grüppchen an Deck und unterhielten sich, tranken, lehnten an der Reling und flirteten, lachten, betrachteten den schwarzen Ozean, einige rauchten sogar.

Corinnes Mann arbeitete auf einer Bohrinsel. Jedes Mal, wenn er nach Hause kommt, erkenne ich ihn nicht wieder, erzählte sie. Ich tu so, als ob. Aber er ist ein anderer Mann. Mit denselben Tattoos.

Männer in Livree boten Champagner und Häppchen an. Es war mild, die Windmesser drehten sich kaum.

Es war nicht spät, aber wenn sie mit Steeve vögeln sollte und vor Mitternacht zu Hause sein wollte, sollte sie es bald angehen. Als sie ihn sah, sagte sie, sie würde sich gern die Kabinen ansehen – und wisperte ihm ins Ohr, dass sie sich gern vor einem Fenster von hinten von ihm nehmen lasse, mit Blick aufs Meer, dass sie das anmachte.

Manchmal lief es nicht gut. Das passierte selten. Dora setzte ihnen nicht irgendjemand vor, aber diese Dinge geschahen, man war nie ganz sicher vor ihnen. Meistens sah man das Gewitter aufziehen und hatte den Ausgang im Blick, aber dieses Mal sah Joan nichts aufziehen. Sie ging vor ihm her, und sie hatten kaum einen Fuß in den Gang gesetzt, da packte er sie am Arm und wirbelte sie brutal herum.

Erst verpasste er ihr mit der Faust einen Schlag in den Bauch, sie stöhnte laut auf und krümmte sich zusammen, die Augen weit aufgerissen. Du elende Schlampe, zischte er, während sie vor seinen Füßen zusammenbrach. Ich rede mit Freunden, und du kommst und unterbrichst mich mit deinem Nuttenscheiß. Du hast Glück, dass ich so gute Laune habe. Und bleib nicht so lange weg. Wehe, ich muss dich holen kommen.

Er hatte ihr verdammt weh getan, und sie blieb gute fünf Minuten dort hocken, um sich zu sammeln und durchzuatmen. Dann stand sie auf, mit verzerrtem Gesicht, und ging zurück an Deck.

Steeve hatte die Unterhaltung mit seinen Freunden wieder aufgenommen. Er stand mit dem Rücken zu ihr. Sie ging mit einer Flasche Chardonnay, die sie sich im Vorbeigehen gegriffen hatte, auf ihn zu und zog sie ihm über den Schädel.

Weißt du, was er mir erzählt hat, sagte John besorgt, als er sein Büro betrat, und deutete dabei auf Steeve, der mit einem Verband um den Kopf auf der anderen Seite der Scheibe saß.

Nein, antwortete sie. Und es interessiert mich auch nicht besonders. Mit solchen Typen hat man doch jeden Tag zu tun.

Sie zitterte, ihr Haar war noch feucht.

Sei vorsichtig, sagte er. Sonst fängst du dir noch einen Schnupfen ein. Er sagt, dass er dich für den Abend bezahlt hat.

Ach ja. Sagt er das. Ist ihm nichts Besseres eingefallen. Er hing den ganzen Abend an mir dran. Dann ist er sauer geworden und hat mir in den Bauch geboxt, aber ordentlich. John, ich bin richtig umgefallen.

Das sehe ich.

Er kann erzählen, was er will, aber danach sind wir übereinander hergefallen, und er hat mich über Bord geworfen.

Hör zu, ich werd das Arschloch ein bisschen

hierbehalten, zu deiner Beruhigung. Aber machst du das wirklich.

Mache ich was, John.

Er neigte sich über seinen Tisch, zu ihr hin.

Für Geld mit Typen pennen, antwortete er mit gedämpfter Stimme, das ist es, wovon ich rede.

John, das ist sehr unangenehm, was du hier mit mir machst. Mir diese Frage zu stellen. Es verletzt mich sogar. Ruf mir ein Taxi.

Hör zu, nimm es mir nicht übel. Entschuldige.

Ich will deine Entschuldigung nicht. Ich will, dass du mir ein Taxi rufst.

Mich hat das schockiert, als er das gesagt hat, das ist alles. Entschuldige bitte noch mal. Sylvie wird mich umbringen, wenn sie erfährt, dass ich so etwas zu dir gesagt habe.

Schon gut, John. Ist gut. Schwamm drüber. Ruf mir ein Taxi. Und mach dem Kerl klar, dass er besser zurückgeht, von wo er gekommen ist. Wir sind hier nicht in Las Vegas.

Es war schon nach eins in der Nacht. Sie hatte von John aus noch Dora angerufen, um sie vorzuwarnen, dass sie Ärger gehabt hatte und Marlon später abholen würde, aber wenigstens dort war alles in Ordnung, Marlon hatte von sich aus bei Ann-Margaret angerufen, die ihn nach Hause gebracht hatte.

Sie wartet, bis du zurück bist, informierte Dora sie gähnend. Und du, welchen Ärger meinst du.

Nichts Schlimmes. Ich erkläre es dir morgen.

Sie ließ sich zu ihrem Wagen in die Stadt bringen und fuhr nach Hause. Sie war fast trocken, als sie ankam, sie hatte das Gebläse angemacht. Ihre Stimmung war wieder besser, aber sie hatte Bauchschmerzen von dem Schlag und sehnte sich danach, ins Bett zu fallen. Ann-Margarets Auto stand noch da. Das war gut. Ein paar Leuten konnte man immerhin noch vertrauen. Sie parkte etwas abseits, um keinen Lärm zu machen, falls Marlon schon schlief. In den Wohnzimmerfenstern schien schwaches Licht.

Als sie näher kam, sah sie Marlon und Ann-Margaret, die es auf dem Sofa trieben. Scheiße noch mal, sagte sie sich. Denn um ins Haus und in ihr Zimmer zu kommen, musste sie durchs Wohnzimmer. Sie würde sich an der Wand entlangschleichen, aber das wäre wie am Rand eines Abgrunds zu balancieren.

Die Nacht wurde langsam feucht, und ihr war kalt. Sie setzte sich zurück ins Auto. Zehn Minuten später hatte sie genug, sie stieg wieder aus und ging zurück zur Tür.

Sie öffnete sie und schlich sich auf Zehenspitzen hinein. Sie musste sich zusammenreißen, um nicht mit den Zähnen zu klappern. Sie wagte es nicht, in ihre Richtung zu blicken, ihre Gesichtszüge verkrampften sich, sie konnte sie hören, als sie vorwärtsschlich und versuchte, nicht aufzufallen. Sie schienen sich gut zu amüsieren. Während Marlon unregelmäßig aufstöhnte, röchelte Ann-Margaret eher gedämpft.

Kurz, nur einen Meter vor ihrem Zimmer, als sie schon die Hand nach der Klinke ausstreckte, dachte Joan, sie hätte es geschafft. Dann aber stolperte sie über das Telefonkabel und fiel mit einem Schrei hin.

Für einen Moment fühlte sie ihre verblüfften Blicke an sich haften. Sie sprang auf, murmelte eine Entschuldigung und schoss wie ein Pfeil in ihr Zimmer. Bei geöffnetem Fenster konnte sie den Kauz hören oder auch Eichhörnchen, die über die Terrasse liefen. Die Arme von sich gestreckt, lag sie auf ihrem Bett. Sie hörte Ann-Margarets Auto starten. Sie schloss die Augen.

Steeve rief am nächsten Morgen an, um sich zu entschuldigen. Es war nicht schwer zu erraten, wer ihm ihre Telefonnummer gegeben hatte, oder auch, wer ihm gerade einen Arm auf den Rücken drehte, während er Besserung gelobte. Sie wartete, bis er ausgeredet hatte, und schickte ihn dann zur Hölle.

Dora hatte keine hohe Meinung von John, anerkannte aber, dass er effizient sein konnte. Wir lassen trotzdem ein paar Tage verstreichen, meinte sie. Ich sage deine Termine für die Woche ab. Er könnte neugierig geworden sein, wer weiß. In jedem Fall ist noch nie eines meiner Mädchen über Bord geworfen worden. Stell dir vor, du könntest nicht schwimmen.

Joan lächelte gequält. Jemand hatte ihr einen Rettungsring zugeworfen. Abgesehen von dem Umstand, dass sie in Abendgarderobe im dreckigen, nach Diesel stinkenden Wasser herumgerudert war, war die Sache so schlimm nicht gewesen. Es war nicht Winter, und aus Steeve war das Blut nur so herausgespritzt, alles war voll davon gewesen. Da zog sie es vor, ein Bad genommen zu haben. Sie hatte mit aller Kraft zugeschlagen. In dem Moment hatte er für alle anderen mit bezahlt. Acht Stiche.

Dora bewohnte ein großes Apartment mit Terrasse und Blick auf den Charles River. Sie hatte sich beim Aussteigen aus der Badewanne den Knöchel verstaucht, Joan hatte ihr einen Beutel Tiefkühlerbsen gebracht.

Gestern Abend, als ich nach Hause gekommen bin, waren sie im Wohnzimmer. Sie haben es auf dem Sofa gemacht.

War ja klar. Hätte ich mir denken können. Ich

liebe Ann-Margaret. Sie ist eine alte Freundin. Aber sie kann es nicht lassen, furchtbar. Als sie so alt war wie du, war sie von einer Schönheit, das kannst du dir nicht vorstellen. Die Typen lagen ihr haufenweise zu Füßen, die Frauen übrigens auch.

Es schien gut zu laufen mit den beiden. Ich habe ihn heute Morgen nicht gesehen.

Also da musst du dir keine Sorgen machen. Ann-Margaret ist eine Expertin, er ist in den besten Händen.

Das hoffe ich, es freut mich wirklich für ihn. Dass es mit einer wie ihr passiert ist. Ich hatte Angst, dass er sie zu alt findet.

Da täusch dich mal nicht, sie ist noch gut beisammen, und ich weiß auch, dass sie ihre Vagina trainiert, sie hat es mir erzählt, scheint auch zu funktionieren, jedenfalls war sie ganz froh.

Ich kann es kaum erwarten, Marlon zu sehen, wirklich, ich bin ganz ungeduldig.

Es hat ihm bestimmt nicht geschadet, da kannst du sicher sein. Gordon hatte darüber übrigens auch schon nachgedacht, aber er konnte sich nicht aufraffen, und Suzan hat das Thema ganz ihm überlassen.

Am Horizont starteten dicht über dem Ozean Flugzeuge mit einem Schweif in eine lange Kurve in den blauen Himmel.

Bevor Joan ging, legte sie die Erbsen ins Tiefkühlfach. Sie betrachtete Dora auf der anderen Seite des großen Fensters, wie sie in ihrem weißen Morgenrock unter einem Sonnenschirm lag, reglos, mit geschlossenen Augen. Ein Hund aus Ton leistete ihr Gesellschaft. Ein Tier in Lebensgröße, das Wache hielt, dasaß und sich nicht rührte. Ein Geschenk von Brett.

Sie machte den Laden auf. Sie kümmerte sich um die Post, beglich die fälligen Rechnungen, rollte wegen des Windes die Markise ein. Es wurde ein Gewitter erwartet, der Charles River kräuselte sich bereits. Da rief Marlon an. Er schien außer sich zu sein. Er jaulte und brüllte. Alles kaputt, alles kaputt, wiederholte er in einem fort, so dass sie den Hörer vom Ohr weghielt. Sie bat ihn, sich zu beruhigen, vorher komme sie nicht. Wenige Sekunden später nickte sie schließlich.

Okay, Marlon. Ich bin gleich da. Bleib nicht oben. Setz dich in den Sessel, und atme tief durch. Und Moss muss drinnenbleiben, es kommt ein Gewitter. Ich beeile mich.

Sie schnappte sich ihre Tasche und schloss den Laden ab. Die Luft war wie aufgeladen, der Verkehr stockte. Innerhalb weniger Minuten verdunkelte sich der Himmel, und strömender Regen setzte ein. Einige Autos hielten auf dem Seitenstreifen an und schalteten den Warnblinker ein – im Innenraum war wegen der beschlagenen Scheiben niemand zu erkennen, kein Fahrer.

Es war nicht Nacht, aber der Himmel hing so tief, dass man es hätte glauben können, sie war angespannt, als sie ein Mobile Home weghupte, das apathisch vor ihr her gondelte, angespannt, weil sie befürchtete, dass Marlon schon die Krise hatte, jetzt, wo es dunkel war. Sie überholte den Typen in einer Kurve und bekam von dieser Schrecksekunde eine Gänsehaut. Der andere hupte wie ein Wilder, bis sie wieder einscherte, dann schaltete er hysterisch die Lichthupe an und aus, aber da war sie schon weit weg. Den Rest der Strecke fuhr sie, ohne ihre Kiefer entspannen zu können.

Ann-Margaret war da. Joan war überrascht und auch leicht genervt, als sie hinter ihrem Wagen parkte – sie hatte es dadurch weiter bis zur Tür und musste langer durch den Regen rennen, aber gut.

Sie trat ein und blieb kurz stehen, um sich abtropfen zu lassen. Sie waren wieder auf dem Sofa, aber dieses Mal ganz brav, Ann-Margaret hielt Marlons Hand, der den Kopf hängen ließ.

Brrrrr, machte Joan und schüttelte sich. Geht es, Marlon, fragte sie.

Er hob den Kopf.

Komm mal gucken, antwortete er. Wie ich gesagt hab. Komm mit.

Er nahm sie bei der Hand und führte sie nach oben. Vor der Tür zum Elternzimmer ließ er sie los und legte seine Hand auf seinen Kopf.

Ich warte hier, sagte er. Ich weine nicht.

Natürlich war der Anblick unerfreulich, Suzans und Gordons Zimmer war ein einziges Chaos, die Möbel verschoben, die Schubladen ausgekippt und so weiter. Am meisten gelitten hatte das Bett. Howard hatte die Matratze aufgeschlitzt und, weil er schon dabei gewesen war, auch gleich noch die Wäsche zerrissen, ein Hinweis auf seine Laune.

Sie blieb nicht lange. Es war hart, sogar für sie. Beim Hinausgehen drückte sie mit der einen Hand Marlon gegen ihre Schulter, mit der anderen griff sie nach ihrem Telefon und hinterließ eine Nachricht. John, kannst du kommen. Ich habe hier ein Problem. Bei uns wurde eingebrochen. Kuss.

Dann tröstete sie ihren Bruder. Dafür wird er bezahlen, sagte sie. John kümmert sich darum.

Marlon wandte den Kopf und schniefte. Sie wuschelte ihm durch das Haar. Wird schon, sagte sie.

Man hörte den Regen aufs Dach rauschen. Sie ging zu Ann-Margaret, die im Wohnzimmer wartete, während Marlon in die Küche trottete, wo ein Wasserkessel pfiff.

Wir haben eine Vereinbarung, Marlon und ich, wandte sie sich an Joan. Er kann mich anrufen, wann er will, wenn es ihm nicht gutgeht.

Natürlich ist es besser, wenn er zuerst mich anruft, meinte Joan, aber das ist sehr freundlich von Ihnen.

Ich bitte Sie, ich war gerade in der Nähe. Ich war bei der Tupperparty einer Freundin. Ich war noch vor den ersten Tropfen hier. Er hat sich kaum beruhigen lassen, der Arme. Er hat gestöhnt und ist unruhig herumgelaufen. Ich war drauf und dran, Sie anzurufen.

Ja, das fände ich besser. Das wäre freundlich von Ihnen. Ah, es klingt, als ob der Regen nachlässt. Übrigens, sagen Sie mir doch noch, was ich Ihnen für neulich Abend schuldig bin, Ann-Margaret.

Machen Sie sich darum keine Gedanken. Gar nichts. Sie sind mir gar nichts schuldig. War das Howard, fragte sie und hob den Blick Richtung Zimmer. Eine Schande ist das. Ich persönlich konnte ihn übrigens nie leiden. Er hat bei mir studiert. Er hing viel auf dem Campus herum.

Es ist komisch, sagte Joan. Mir kommt es vor, als würde hier jeder jeden kennen.

Nun ja, man kennt sich mehr oder weniger vom Sehen. Manchmal kannten sich unsere Eltern. Nicht wenige von uns sind hier in der Gegend geblieben. Von Zeit zu Zeit kreuzen sich unsere Wege, wie soll es anders sein. Howard nicht über den Weg zu laufen ist das Beste, was man tun kann. Wie furchtbar. Man fragt sich, was ihm durch den Kopf gegangen ist. Ich war schockiert. Was er getan hat, ist scheußlich.

Joan dachte, wenn sie ihr antwortet, finden sie kein Ende. Sie schwieg, lächelte reglos.

Ann-Margaret rutschte auf ihrem Stuhl herum und erklärte dann, sie müsse los. Oh, schon, erwiderte Joan, erhob sich und begleitete sie sanft, aber bestimmt zur Tür, so dass sie kaum Gelegenheit hatte, Marlon zum Abschied zu grüßen, der unvermittelt auf den Boden starrte, das Haar vor dem Gesicht.

Der Regen hatte aufgehört. Der Himmel war pastellfarben. In der noch feuchten Luft hing der starke, erfrischende Geruch von Erde. Sie umarmten sich zum Abschied, und Ann-Margaret stieg in ihr Auto. Joan neigte sich zum Fenster hinunter.

Es hilft mir sehr, was Sie machen, sagte sie. Mich beruhigt es, und ihm tut es gut. Er ist sehr stolz darauf, Ihre Nummer zu haben.

Ja, ich glaube, wir sind Freunde geworden. Ich mag den Jungen sehr.

Joan machte ein kurzes Handzeichen, dann trat sie nachdenklich ins Haus.

Marlon war dabei, die Konserven im Schrank aneinanderzureihen. Sie neckte ihn ein wenig, um noch den letzten Rest von der Anspannung zu verscheuchen, die geherrscht hatte. Ist doch schön, oder, eine gute Freundin zu haben. Es läuft toll mit euch beiden.

Er zuckte lediglich die Schultern und räumte die Dosen noch schneller ein, ohne sie anzusehen. Sie bemerkte, dass er lächelte.

Später kam John, der Abend brach schon herein, und er sah aus wie immer, wenn er einen schlechten Tag hatte. Sie hatten den Kerl bei einer Sperre in Rhode Island erwischt. Es hatte eine Schießerei gegeben, eine Kugel der Polizei war in den Kofferraum eingedrungen und hatte das Kind auf der Stelle getötet. Das Schlimmste, was hätte passieren können.

Ich sollte besser nicht, sagte er, aber ich brauche jetzt einen Drink, irgendwas Starkes. Wir haben den Jungen Tag und Nacht gesucht, Herr im Himmel. Ich bin am Ende.

Alkohol gab es im Haus ausreichend, Gordon und Suzan hatten ein ansehnliches Lager angelegt. Sie brachte ihm einen trockenen Gin, den er in einem Zug austrank. Daraufhin ging es ihm besser, und er wollte mehr wissen.

Er machte einige Schritte im Zimmer, das ein

Minitornado nicht schlimmer hätte verwüsten können, blieb vor dem Bett mit den zerfetzten Laken
und der aufgeschlitzten Matratze stehen und pfiff
durch die Zähne.

Bist du sicher, dass er das war, fragte er und sah
sich gleichzeitig weiter um.

Natürlich, antwortete sie. Wer soll es sonst gewesen sein. John, er war hier. Er hat zwei Tage lang
das Kellergeschoss durchforstet.

Er nickte. Glaubst du, er hat etwas gesucht,
fragte er wie beiläufig.

Was weiß ich. Das ist meine geringste Sorge.

Hast du den Eindruck, dass er etwas mitgenommen hat.

Was, nein, ich weiß nicht. Eigentlich nein, ich
glaube nicht. Nichts Offensichtliches jedenfalls.
Aber ich will Anzeige erstatten, was gehen mich
seine Gründe an.

Eine Hand auf der Hüfte, mitten im Durchein-
ander stehend, kratzte er sich am Kopf.

Keine Gewalt, kein Diebstahl, kein Einbruch,
keine Beweise. Wenn er einen guten Anwalt hat,
wird ihm nichts anzuhängen sein, weißt du.

Soll das heißen, du wirst nichts unternehmen.

Das hab ich nicht gesagt.

Marlon wäre fast durchgedreht, als er ihr Zimmer gesehen hat. Howard wusste das, und es hat

ihn nicht davon abgehalten. Es war ihm einfach scheißegal, John.

Howard ist ein Gauner, wie ich gesagt habe. Gut, aber lass mich überlegen. Gib mir ein bisschen Zeit zu überlegen.

Als er aus dem Zimmer ging, hielt sie ihn am Ärmel zurück.

Ich bin verrückt vor Wut auf ihn, presste sie hervor.

Ja, das sehe ich. Ich kenne dieses Flackern in deinen Augen. Deine Mutter hatte diese Wut auch, eine echte Pasionaria. Ich hab sie letzten Monat noch getroffen, sie hat Flugblätter gegen Glyphosat verteilt, vor dem Sitz von Monsanto. Wir haben sie mitgenommen, aber ein paar Meter weiter hab ich sie dann wieder laufenlassen. Sie war schon lange nicht mehr das, was sie früher mal gewesen war, der Alkohol hat sie verunstaltet, aber diese Augen, meine Güte, dieses Lodern, Scheiße, das war wie früher.

Sehr gut, ich warte also, bis du fertig überlegt hast, John. Ich hab so einen Hals. Ich geh nicht schlafen, bevor du anrufst, ich hab das Telefon in meiner Tasche.

Ja, aber ich muss mit klarem Kopf überlegen. Sobald Sylvie die Kleine ins Bett bringt. Ich werde ein bisschen herumtelefonieren müssen.

Die Polizei schnappte ihn sich am frühen Morgen, da war er gerade dabei, sie zu würgen. Zwei Schränke von Polizisten packten ihn und hielten ihn am Boden fest. Howard lachte sie noch aus, aber nachdem einer der Polizisten ihm einen kräftigen Schlag auf den Hinterkopf verpasst hatte, war er still.

Sie luden ihn halb bewusstlos ein, so dass sie ihm nicht mehr sagen konnte, was für ein Arschloch er war – außerdem hustete sie noch zu heftig. Aber dank John bekam sie Gelegenheit dazu, bevor er hinter die Gitter seiner Zelle gesteckt wurde. Er trat auf sie zu und musterte sie mit einem herablassenden Lächeln.

Ich hätte nicht gedacht, dass du die Bullen rufst, sagte er. Das war mein größter Fehler. Trotzdem, du bist ihre Tochter. Mich an die Bullen zu verraten, wie hätte ich das ahnen sollen. Ich kenn welche, die sich jetzt in ihrem Grab umdrehen.

Jedenfalls hoffe ich, dass du gefunden hast, wonach du gesucht hast, antwortete sie, du wirst nämlich keinen Fuß mehr in dieses Haus setzen, nicht mal in die Nähe darfst du kommen. Was du gemacht hast, ist wirklich, wirklich widerlich. So schlimm, das kann ich nie vergessen. Und noch was. Mal abgesehen von deinem großen Schwanz frage ich mich, was meine Mutter an dir finden konnte. Sie muss angefangen haben zu trinken,

denke ich, sie hat wohl nicht mehr ganz klarge-
sehen.

Daraufhin wandte sie sich ab und ging zu John
ins Büro. Sie sagte ihm, dass sie zufrieden sei, be-
sänftigt, obwohl sie nichts dagegen gehabt hätte,
wenn seine Leute etwas früher eingegriffen hätten,
bevor Howard ihr den Kehlkopf zerquetscht hatte.

Ja, aber was Besseres, als jemanden bei der Tat
zu erwischen, gibt es nicht, antwortete er. Nur
kann man dann eben nicht vorher eingreifen. Man
braucht Spuren. Bind dir ein Tuch um, in ein paar
Tagen sieht man nichts mehr.

Bei der Hitze, sagte sie gelassen und drehte sich
zum Fenster, hinter dem ein strahlender Himmel
flirrte.

Sie zählte auf ihrem Bett das Geld, während Marlon sich im Garten mit dem Wasserschlauch ver-
gnügte. Die Temperaturen waren seit einigen Tagen
stark angestiegen, der Nachmittag war brüllend
heiß.

Es ist mehr, als wir dachten, rief sie Marlon zu,
der sich lauthals lachend mit Moss im grünen Gras
wälzte, unter einer improvisierten Dusche, aus der
das Wasser schirmförmig auf sie einprasselte, so
dass sie aussahen wie ein Nadelkissen.

Später, auf dem Friedhof, wiederholte sie die Information, vor Suzans und Gordons Grabstein, der vor kurzem geliefert worden war und jetzt eingelassen werden sollte. Er hörte ihr nicht zu, er polierte gerade den Stein mit seinem Taschentuch. Sehr hübsch, sehr froh, sagte er mehrmals.

Sie gingen essen, saßen draußen, und wirklich, Marlon machte es nicht schlecht. Sie musste zugeben, dass er lockerer war, seit Ann-Margaret die Bühne betreten hatte. Er saß recht manierlich am Tisch und versuchte, nicht zu laut zu sprechen. Er war toll.

Sie gingen ein paar Schritte am Flussufer entlang.

Kannst du dir vorstellen, hier zu wohnen, fragte sie. Es ist schön, es ist näher am Zentrum. Ann-Margaret wäre nur fünf Minuten weg. Wir brauchen kein so großes Haus. Und mich macht die viele Fahrerei wahnsinnig. Diese ganze verlorene Zeit.

Sie blieb stehen, aber er machte noch ein paar Schritte, dann erst drehte er sich um.

Krieg ich ein eigenes Zimmer, fragte er.

Eine ganze Etage. Wir würden zusammenleben und wären doch unabhängig. Und selbst wenn ich unterwegs bin, bin ich nie weit weg.

Welches Haus. Zeig es mir.

Es gibt kein Haus. Es war nur so eine Idee, die mir durch den Kopf ging, ich wollte deine Meinung hören. Dass du nicht dagegen bist, ist ja schon mal eine gute Sache.

Mit Bad.

Ja, und mit Extratoilette, und jeder bekommt einen eigenen Fernseher.

Zu Hause setzten sie sich an den Tisch, und sie versuchte, ihm zu erklären, wie sie es anstellen könnten, um das Projekt durchzuziehen. Dass sie zunächst das Haus verkaufen müssten. Aber er hörte nicht wirklich zu, er gähnte.

Dora fand, das sei ihre beste Idee überhaupt, dass es ihnen in Cambridge gefallen werde und es für alle das Richtige wäre. Sie fächerte sich mit ihrem Strohhut eine Weile Luft zu. Etwas von ihnen entfernt planschte Marlon im Wasser. Er war es, der den Walden Pond vorgeschlagen hatte. An den Ozean zog es ihn weniger, er hatte etwas Bammel vor ihm.

Joan hatte die freie Woche sehr genossen, die Dora ihr nach dieser Sache mit dem übergeschnappten Steeve verordnet hatte – schon beim Gedanken daran bekam sie Bauchweh. Sie hatte diese wenigen Tage wie Ferien verbracht, sich weder frisiert noch geschminkt oder sich die Nägel gemacht, und der Sex, vielmehr der Mangel an Sex, hatte ihr keine Probleme bereitet.

Das wär ja noch schöner, erboste sich Dora träge.

Mach mir keine Termine nächste Woche, bat Joan. Ich will das wirklich angehen. Ich gehe zu ein paar Agenturen und lasse das Haus schätzen. Es ist schon lange nicht mehr meins, und Marlon zuckt die Schultern. Ich glaube, der Tapetenwechsel wird uns guttun. Wir sind aus dem Alter raus, wo man bei seinen Eltern wohnt, oder.

Sie sagte das und sprang auf, Marlon war gerade dabei zu ertrinken. Er trieb auf dem Bauch, die Arme von sich gestreckt, den Kopf im Wasser, nur wenige Meter vom Ufer. Sie packte ihn am Arm und zog ihn heraus, er hustete und spuckte und schnaufte wie ein Walross. Er erzählte ihr, dass er toter Mann spielen wollte, während sie ihn zu seinem Handtuch brachte und ihm erklärte, wie er es nächstes Mal besser anstellte.

Sie stand noch einen Moment bei ihm, die Hände in die Hüften gestemmt, und sah zu, wie er sich den Kopf abrubbelte.

Mein Gott, nicht bewegen, sagte Dora, die sie gerade beobachtete, die Hand schützend über den Augen. Ich hab das Gefühl, ich sehe Suzan, unglaublich, hier vor mir, in ihrem Streifenbadeanzug, in genau dieser Haltung, es war ganz am Ende der Reagan-Zeit, du warst keine zehn Jahre alt. Danach habe ich Brett geheiratet, und wir hatten Bush, die schlimmsten Jahre meines Lebens.

Mein Vater war zu der Zeit mit einer Studentin Kanu fahren.

Ja, obwohl, das ist sehr übertrieben. Er hat sie nicht alle gevögelt, und ich hab nicht wenige gesehen, die im Minirock zu den Versammlungen kamen und sich ganz nach vorne gesetzt haben.

Ich erinnere mich, wie diese Diskussionen losgingen. Ich habe Marlon in die Arme genommen und ihm in meinem Zimmer eine Geschichte vorgelesen, während er mich an den Haaren zog.

Anders, als sie gedacht hatte, hatte Marlon es eiliger als sie, das Haus zu verlassen. Schon am nächsten Tag meldete er sich bei Craigslist an und studierte die Anzeigen. Abends zeigte er ihr ein Dutzend Häuser, die er ausgewählt hatte, und sie verbrachten eine Weile damit, jedes einzelne zu besprechen, wobei Joan sich wunderte, woher die plötzliche und unbedingte Zustimmung ihres Bruders zu diesem Projekt kam. Sie war ebenso unerwartet wie erfreulich. Er hatte sich schon den Stadtplan von Cambridge eingeprägt, die U-Bahn- und Buslinien, und quasi sein Bündel geschnürt. Wenn sie versuchte, seine Begeisterung zu bremsen, und ihm erklärte, das alles werde wohl noch etwas Zeit brauchen, antwortete er, das wisse er, er wolle aber lieber bereit sein. Da musste sie lächeln, sie bekam gute Laune.

Wenn Essenszeit war, schloss sie den Laden und spazierte durch die Straßen, dachte über die nächsten Schritte nach, spähte über Hecken, notierte Adressen. Sie hatte eine Agentur aufgesucht, deren Inhaberin Kanadierin war, das Büro lag fast gegenüber, und die Frau hatte schon eine Akte angelegt, ihr Besichtigungen vorgeschlagen, eine sympathische, energische Frau, die für nichts auf der Welt an einem anderen Ort als diesem hätte leben wollen.

Marlon wartete zu Hause auf sie, um zu erfahren, was es Neues gab, und ihr die Entdeckungen zu zeigen, die er gemacht hatte. Eines Nachmittags kippte sie fast hintüber, als sie heimkam. Marlon hatte das Zimmer ihrer Eltern ausgeräumt. Er hatte all ihre Sachen in Kartons gepackt und nach unten getragen. Sprachlos stand sie vor dem leeren Raum, in dem nicht mal mehr eine Gardine hing und der Teppich aufgerollt in einer Ecke lag. Er erklärte, dass Gordon und Suzan in ihrem neuen Haus kein Zimmer bekämen. Sie war kurz irritiert, beeilte sich dann aber, ihm beizupflichten. Noch immer fassungslos.

Einige Tage später stellte Dora ihre Terrasse zur Verfügung, um Bretts Geburtstag zu feiern. Mit seinen sechzig Jahren und dem weißen Leinenanzug erinnerte er an Tom Wolfe, nur der Hut fehlte.

Ich habe Marlon schon eine Weile nicht gesehen, sagte er Joan und hielt ihr ein Glas hin. Sag mal, er scheint ja in Hochform zu sein.

Ja, er ist sehr aufgeregt wegen dieser Sache mit dem Haus.

Er fühlt sich gut mit dir. Ein Gefühl, das er von früher kennt. Er hat Glück, dass du da bist, das ist wohl das Mindeste, was man sagen kann.

Gut, wenn jemand einen braucht, wenn man sich nützlich machen kann, oder. Es war für mich aber auch kein großes Opfer. Ich hatte für die kommenden Jahre keine bestimmten Pläne, ich habe nichts Bestimmtes erwartet.

Ah, das ist nicht ungewohnlich. Da muss jeder durch, durch diese Phasen der Ungewissheit. Guck mich an. Kannst du mir sagen, wer mich braucht. Vorgestern war ich auf der Fähre unterwegs und habe mich gefragt, wie ich es fertigbringen soll, mich nicht über Bord zu stürzen. Aber hier bin ich. Das ist die Moral von der Geschichte.

Brett, da ist immer ein Fünkchen Hoffnung in dem, was du sagst. Das mag ich an dir.

Ich werd euch öfter besuchen kommen, wenn wir Nachbarn sind. Dann muss ich wenigstens laufen. Fahrrad fahren langweilt mich, und das Auto nehme ich nicht gerne. Lass uns morgen treffen, Dora kann auch kommen, ich habe ein paar Ideen, zwei, drei Objekte im Umkreis von einer halben Meile.

Gerne. Toll.

Es war schon spät, als sie sich zum Gehen aufraffte. Ein Teil der Gäste war schon gegangen, aber Marlon wollte noch etwas bleiben, und Ann-Margaret bot an, ihn später nach Hause zu bringen.

Sie nervte manchmal, Ann-Margaret, aber als Joan in ihr Auto stieg, dachte sie, dass sie sie in den kommenden Tagen vermutlich wirklich brauchen würde und es nicht der Moment war, sich über diese kleinen Oberflächlichkeiten aufzuregen. Es war finster, aber die Sicht war sehr gut, die Scheinwerfer leuchteten weit. Sie fragte sich, ob das Glück sei, nichts spüren, kein Bedürfnis haben, ein Gefühl des Schwebens, nachts über die einsame Straße rollen. Das kam nicht jeden Tag vor, es war wie mit dem grünen Leuchten, man musste den richtigen Moment abpassen. Der Gedanke an ein neues Haus erregte sie jedenfalls. Die Nähe zum Bread & Circus, zum Fluss.

Sie betrat ihr Zimmer. Eine Stimme kam aus

dem Schatten, ließ sie zusammenfahren, gleichzeitig klatschte ihr eine Tasche vor die Füße.

Weißt du, wo dein Idiot von Bruder das versteckt hat, amüsierte sich Howard.

Sie war außerstande, ein Wort zu sagen. Ihr Herz hatte ausgesetzt, ihr Blut war gefroren.

Hab ich dir Angst gemacht, fragte er. Jedenfalls bin ich geradewegs dahin. Ich habe nicht dran geglaubt, aber damit hab ich angefangen. Das muss mein Glückstag sein.

Sie setzte sich auf ihr Bett. Es war schlimm, die Tasche auf dem Boden zu sehen, mitten im Zimmer, nach der Mühe, die sie sich gemacht hatte.

Sie haben mich nicht sehr lange dabehalten, sprach Howard weiter. Gut, dass ich noch mal zurückgekommen bin. Und jetzt will ich wissen, wo der Rest ist.

Weil sie nicht antwortete, packte er sie brutal an den Haaren. Sie schrie auf vor Schmerz. Er schleifte sie zu der Tasche und drückte ihr Gesicht hinein. Dann schubste er sie zurück und schüttete den Inhalt über ihr aus. Fünf oder sechs Bündel fielen heraus, mehr nicht.

Ihr seid so schlau in dieser Familie, sagte er und beugte sich über sie. Immer schlauer als die anderen. Sie hatte sich von dem Schreck noch nicht erholt, aber sie hielt seinem Blick einige Sekunden stand. Ihre Lippe platzte unter seinem Faustschlag auf. Er hatte urplötzlich zugeschlagen, sie hatte es nicht kommen sehen.

Jetzt hör mir gut zu, sagte er, als ob nichts gewesen wäre. Du machst einen vernünftigeren Eindruck als deine Mutter. Ich denke, du verstehst die Lage. Es hängt von dir ab. Es hängt nicht von mir ab, es hängt von dir ab.

Sie streckte die Hand nach einem Taschentuch aus, das Blut lief ihr übers Kinn – sie hatte keine Schmerzen, sie fühlte nichts außer blanker Wut, die sie ganz und gar ergriff, und Ekel vor ihrer Machtlosigkeit.

Alles brach zusammen, alles wurde gefährlich. Sie stürzte sich auf ihn, ohne jede Hoffnung, aber es war das Mindeste, was sie tun konnte.

Ihr Sprung endete auf dem Fußboden, sie war total benommen, ihr Schädel dröhnte.

Wieder packte er sie bei den Haaren.

Du solltest dich besser ruhig verhalten, flüsterte er ihr ins Ohr. Du hast mich lang genug verarscht. Das musst du im Blut haben.

Er presste Flüche hervor. Scheißdreck.

Er warf sie auf einen kleinen Lehnsessel. Er schien einen Moment nachzudenken und erklärte, dass sie nun hübsch auf Marlon warten und dann ja sehen würden, wie stumm sie bliebe.

Bei diesen Worten wurde sie kreidebleich. Sie dachte, wenn sie eine Waffe in den Händen gehabt hätte, hätte sie ihn umgelegt. Wie ein Pfeil schoss sie aus dem Sessel hoch, stürzte ins Wohnzimmer und spurtete zur Eingangstür und hinaus, ohne sich umzusehen.

Sie rannte querfeldein in Richtung des Lichts, das weiter unten brannte, bei Sylvie und John, das Gelände war abschüssig, von Gräsern und Gestrüpp und blühendem Heidekraut überwuchert, es war zwar nicht uneben, fühlte sich aber so an, zumal bei Nacht und bei ihrem Tempo.

Howard war ihr auf den Fersen, mit finsterer Miene, er schätzte kurz die Lage ein, sprang dann in sein Auto und fuhr los.

Es ging darum, wer als Erster ankommen würde. Die Straße machte einen weiten Bogen, und Joan verfolgte Howards Vorankommen aus dem Augenwinkel, während sie mit Karacho den Hügel hinunterrannte und dabei eine Staubwolke aufwirbelte. Howard nahm die Kurve, ohne abzubremsen, die Reifen quietschten unaufhörlich.

John war in seinem Garten. Sie waren von dem Abend bei Dora zurückgekommen, und er trug die Kleine, die nicht schlafen wollte, an seiner Schulter spazieren, damit sie einschlief. Dabei schlief er fast selbst ein. Er öffnete die Augen, als er ein Auto herandröhnen hörte. Er ging zur Pforte, um es vorbeifahren zu sehen, und als die Scheinwerfer die Straße ausleuchteten, sah er jemand am Rand herunterrennen. Gerade so erkannte er Joan, als das Auto auf den Hügel auffuhr, um ihr den Weg zu versperren. Er sah Howard aussteigen und sich wie ein Wilder auf Joan stürzen und sie auf den Beifahrersitz zerren. John versagte fast die Stimme, als er das sah. He dahinten, he, schrie er, während seine Hand reflexartig nach seiner Waffe tastete, nur dass er keine Uniform trug und die Waffe auf dem Küchenbüfett lag, mitsamt dem Koppel und dem anderen Kram. Eilig rannte er ins Haus, als das Auto schon wieder mit Vollgas durchstartete. Er drückte Sylvie das Baby in die Arme, schnallte sein Koppel um und lief schnell wieder hinaus.

Er musste umständlich hin und her manövrieren, bevor er rauskam, weil Sylvies Auto vor seinem stand und er gerade eben so durchpasste. Er war schweißgebadet, als er endlich auf die Straße lenkte. Verfolgungsfahrten gefielen ihm, er fuhr gern, vor allem nachts, wenn die Straßen leer waren und er aufs Gas drücken konnte, ohne Frau und Kind an seiner Seite.

Auf der 93 holte er sie ein, auf Höhe des Middlesex-Fells-Reservats. Er sah Howards wenig raffiniertes Täuschungsmanöver voraus und drängte ihn von der Straße, bevor er sich aus dem Staub machen konnte. Howard war kein besonders guter Fahrer, seiner Meinung nach. John hätte versuchen können, ihn zu überholen, entschied sich aber dafür, zunächst weiter Druck zu machen, und so rollten sie Stoßstange an Stoßstange ins Reservat hinein, auf einem von Blättern bedeckten Waldweg. Dann durchbrach Howard einen Zaun und schlingerte durch die dunkle Nacht, bis seine Rücklichter plötzlich verschwanden, als hätte jemand eine Kerze ausgepustet.

Joan tauchte an die Luft und schaute sich um, bevor sie ans Ufer schwamm. Triefend und regungslos stand sie dort und betrachtete die glatte Oberfläche des Spot Pond, im Hintergrund die Lichter von Boston, die über den Bäumen flirrten.

John kam mit einer Decke zu ihr, die er ihr über die Schultern legte, und sie war ihm dankbar, dass er nichts sagte. Er rieb ihr ein wenig den Rücken ab. Dann fragte er sie, ob alles gut sei, und da sie nickte, meinte er, das sei das Wichtigste. Dass das alles sei, was er im Moment wissen müsse.

Er fuhr sie nach Hause und sagte ihr, dass sie sich keine Gedanken machen solle. Als er sie absetzte, traf sie auf Ann-Margaret, die ihr ihren Platz überließ, da sie ebenfalls vor Müdigkeit umfiel.

Als sie unter sich waren und Joan sich oben einen Bademantel geholt hatte, sagte sie, Marlon, es ist furchtbar, was mir gerade passiert ist, schrecklich, setz dich, alles ist gut. Nicht so richtig gut, aber es ist, wie es ist, wir können nichts dafür.

Was.

Wir hatten einen Unfall. Howard ist tot. Ungefähr vor einer Stunde. Er hat hier auf mich gewartet, als ich nach Haus gekommen bin.

Sie schwieg einen Augenblick, weil ihm schon der Mund offen stand.

Dann erzählte sie ihm, was zwischen Howard und ihr vorgefallen war und wie er ihnen die paar Bündel aus der Tasche abgenommen hatte.

Ist das Geld wenigstens in Sicherheit, fragte sie.

In der Sicherheit. Ich bin der Wächter. Keine Probleme.

Man sagt nicht in der Sicherheit, man sagt in Sicherheit, das Geld ist in Sicherheit.

Am nächsten Tag war es sehr schön draußen. Sie sah sich die Regionalnachrichten an und wie Howards Auto von einem Kranwagen an einem Seil aus dem Wasser gezogen wurde.

Sie saß einen Moment nachdenklich da, dann warf sie einen Blick auf die Uhr. Zeit für ihre erste Besichtigung – ein kleines Häuschen in Richtung Belmont, mit einem hübschen Garten. Marlon, wach auf, rief sie. Brett und Dora kommen gleich. Er tauchte oben an der Treppe auf. Er lächelte, war fertig und frisiert.

Joan wunderte sich, was Marlon mit dem Toaster angestellt hatte. Dreimal hintereinander, immer nachdem sie ihn eingeschaltet hatte, war die Sicherung rausgesprungen, und sie hatte geschrien. Nicht alles, was Marlon tat, war lustig. Vor allem, wenn er an der Elektrik herumbastelte und Joan befürchtete, dass er am Ende das Haus in Brand setzen oder einen Stromschlag bekommen würde, oder dass sie mehrere Nächte bei Kerzenschein verbringen müssten, wie damals, als er die Glühbirnen ausgewechselt hatte. Sie wusste nicht, was er trieb, aber sie sagte nichts, sie wollte, dass er sich wohl fühlte, dass alles gut lief, und die Mühe, die sie sich gab, sowie ihre Gleichmütigkeit schienen sich zu lohnen.

Sie entspannte sich und schob den Toaster kommentarlos nach ganz hinten in einen Schrank. Während sie überlegte, dass sie auf Zwieback umsteigen sollte, betrachtete sie den blauen Novemberhimmel, gleißend und kalt. Ihren Toast konnte sie vergessen, aber was war das schon im Vergleich zu der sich ausbreitenden friedlichen Ruhe, wo doch alles hätte entgleisen können.

Er hatte sein Zimmer identisch eingerichtet. Mit staunenswerter Genauigkeit. Noch das kleinste Ding stand wieder an seinem Platz, dasselbe Bett, dasselbe Bild, dieselben Vorhänge, derselbe Teppich und so weiter.

Manchmal fragte sie sich, in welch unmögliche Situation sie sich da manövriert hatte, vermied es aber, länger darüber nachzudenken. Sie fröstelte. Der Winter war nah. Meistens war der Himmel von einem wunderschönen Blau, aber die Temperaturen sanken stetig.

Am Morgen löste sich der Nebel jetzt nur langsam über dem Fluss auf. Marlon, der die obere Etage bewohnte, sah ihn von seinem Fenster aus, wie er sich gleich einer Lawine von Spiegelscherben zwischen den Bäumen hindurchschlängelte. Die neue Umgebung gefiel ihm gut. Ann-Margaret wohnte nur wenige Straßen weiter.

Joan ihrerseits hatte fast eine Stunde Schlaf gewonnen – zum Laden waren es nur zehn Minuten. Sie fühlte sich auch freier. Die Last war noch da, aber sie war leichter geworden. Trotz des schrecklichen Endes. Sie träumte immer noch davon. Wahre Alpträume, die sich in trübem, grünlichem, grässlichem Wasser abspielten, und dieses letzte Bild von Howard, dessen Gesicht in einem bösen Lächeln erstarrt war und von einem roséfarbenen Dunst umwölkt wurde, der aus seiner Nase trat.

Doch seitdem sie nun tatsächlich zum Yoga ging, begann sie, das beiseitezuschieben, und die Alpträume kamen seltener und ließen sie mehrere Nächte am Stück ruhig schlafen.

Sie hielt an, um Ann-Margaret einzusammeln, und gemeinsam fuhren sie zum Dana-Farber Cancer Institute, um Dora zu besuchen, die gerade operiert worden war. Marlon hatte die Nacht bei Ann-Margaret verbracht. Seine Jacke hing im Eingangsflur.

Er war fünfundzwanzig, er war frei, natürlich, aber Joan konnte nicht anders, als ein Auge auf ihn zu haben, soweit dies möglich war, und ihre Rolle der großen Schwester zu spielen – falls das noch irgendetwas bedeutete.

Wie dem auch sei, und ohne dass sie versuchte, sich das zu erklären – sie mochte es nicht allzu sehr, wenn er die Nacht bei Ann-Margaret verbrachte, es ärgerte sie, dass er die Nacht bei ihr verbrachte, es gefiel ihr nicht besonders. Sie bemühte sich, das nicht offen zu zeigen, war aber nicht sicher, wie gut ihr das gelang. Man wusste nie so recht, was einen verriet.

Sie parkten unweit des Krankenhauses.

Es gibt da eine Sache, über die wir nie geredet haben, sagte Ann-Margaret plötzlich. Ich glaube, jetzt wäre eine Gelegenheit.

Joan war gerade dabei, Geld in die Parksäule zu stecken. Sie hob den Kopf leicht an. Es wehte ein recht kalter Wind.

Ich möchte wissen, was du davon hältst, fuhr Ann-Margaret fort. Ob du dich damit wohl fühlst. Ich will, dass du ehrlich zu mir bist. Wir sind gut genug befreundet, glaube ich. Zwischen uns sollte alles klar sein.

Joan zuckte die Schultern. Warum sollte ich mich nicht wohl fühlen, antwortete sie.

Ich weiß nicht. Man kann nie wissen. Ich versuche, mich an deine Stelle zu versetzen.

Marlon hat dich wirklich liebgewonnen, sagte sie. Da muss ich mit leben, klar, aber es stört mich auch überhaupt nicht, ich sehe gar nicht, warum mich das stören sollte. Es ist nur ein bisschen zu schön, um wahr zu sein, sage ich mir. Hoffen wir das Beste, nicht.

Ich kann es dir nicht schwarz auf weiß garantieren, antwortete Ann-Margaret, deren angegrauter Pferdeschwanz im Rhythmus der Windböen durch die Luft peitschte. Das nicht, natürlich. Aber niemand könnte das.

Sie setzten ihre Unterhaltung drinnen fort, in der Eingangshalle, im Fahrstuhl, auf den Gängen, die zu den Zimmern führten.

Wenn es dich beruhigt, ich werde ihm keinen Heiratsantrag machen, sagte Ann-Margaret und schüttelte dabei Doras Kissen auf.

Er ist nicht wie du und ich, antwortete Joan. Er kann sich nicht beschützen. Er ist nicht stark genug, um mit solchen Dingen umzugehen. Aber das dürfte dir ja klar sein.

Und wenn ich mir selbst weh tun würde, meinte Ann-Margaret. Warum nicht. Wenn ich es nun wäre, die davon profitierte. Daran denkst du nicht.

Dora nickte von ihrem Bett aus, wie eine Königin. Sie hat nicht unrecht, sagte sie zu Joan. Das musst du ihr lassen.

Joan grimassierte ein Lächeln. Sie hatte keine Lust, das Ganze noch weiter auszuführen. Nach dem Unfall hätte sie einen leuchtenden Himmel gebraucht und milde Temperaturen, aber die Tage wurden kürzer, man musste den Kragen aufstellen und sich die Nase putzen.

Einzig Brett verstand sie. In jeder Unterhaltung kamen sie darauf zu sprechen. Das kann nicht gut ausgehen, fand er, aber Dora wird dir das nicht sagen, dafür sind sie zu lange befreundet. Und wenn es ihr nur darum geht, die Freundschaft zu erhalten.

Eine Krankenschwester schickte sie kurz hinaus, und Ann-Margaret nutzte den menschenleeren Gang und eine Bank, um Joan zu bitten, etwas lockerer zu sein.

Joan musterte sie einen Moment mit Abstand.

Es geht nicht darum, ob ich locker bin oder nicht, antwortete sie schließlich. Das hat nichts damit zu tun. Ich glaube, du bildest dir was ein. Ich habe absolut nichts gegen dich.

Ich empfinde das anders, ich weiß nicht, sagte Ann-Margaret mit einer Andeutung von Verdruss im Gesicht.

Alles ist in Ordnung, sagte Joan. Ich würde dir sagen, wenn es anders wäre. Hör mit der Grübelei auf.

Draußen pfiff der Wind. Ein paar Meter entfernt war ein Kaffeeautomat, und sie stand auf, womit sie die Unterredung beendete, und suchte in ihren Taschen nach Münzen.

Wenn es hier eine gab, die locker war, dann doch wohl sie. Angesichts der Komplikationen, die ihr neues Leben für sie bereithielt, der Dinge, für die sie nicht gemacht war.

Sie bummelte vor dem Automaten herum, Ann-Margarets Blick haftete an ihr wie ein Magnet. Sie schloss die Augen, biss sich auf die Lippe. Dann drehte sie sich um und lächelte.

Ich hab noch so viel um die Ohren, weißt du, sagte sie. Ich habe nichts gegen dich. Du darfst nicht zu viel von mir verlangen.

Das weiß ich, lenkte Ann-Margaret ein. Entschuldige. Ich verstehe das gut. Ich weiß, was du durchgemacht hast.

Joan nickte, senkte den Blick und zuckte die Schultern. Dann ließ die Schwester sie wieder eintreten, und sie blieben noch etwas bei Dora, die ein paar Schritte zum Fenster machen wollte, um zu sehen, wie der Wind durch die Brooklyn Avenue fegte, wie die Blätter in alle Richtungen wirbelten, wie ein paar Verrückte an diesem frühen Morgen joggten und schwitzten.

Dora war gut drauf. Sie war höchstens etwas blasser als bei ihrer Aufnahme, ihre Wangen eingefallener, aber sie meisterte diese Prüfung mit Zähigkeit, und die Pfleger verwöhnten sie.

Jedenfalls solltest du sie besuchen, Joan, sagte sie. Halt mich auf dem Laufenden. Ich habe mich bei John bedankt für seinen Anruf. Im Grunde ist er ein Guter. Ein Glück, dass er da ist. Trotz allem. Das ist das Gute daran. Diese Typen kommen nicht weit, hat er mir gesagt. Aber Vickie, sagt mir mal bitte, hat sie noch alle beisammen.

Total irre, sagte Ann-Margaret mit wiegendem Kopf.

Joan machte einen Stopp im Laden, um einen Blick in das Adressbuch zu werfen, das sie unter der Kasse in einer Schublade mit doppeltem Boden aufbewahrten. Draußen heulte der Wind. Der Himmel war blau, aber man spürte, dass die Kälte im Anmarsch war. Sie kritzelte ein paar Wörter auf einen Zettel und hängte ihn an die Tür. Bin in einer Stunde zurück. Sie raffte ihren Rock zusammen und ging wieder hinaus.

Es war nicht die Zeit, im Zentrum Auto zu fahren. Ende der Woche, der Wahnsinn in den Geschäften. Die Parkhäuser waren voll, und sie fuhr eine Weile im Kreis, bevor sie den Wagen abstellen konnte.

Vickie machte ihr auf und trippelte zu ihrem Platz zurück.

Als ich die Augen aufgemacht habe, wurde es draußen gerade hell, erklärte sie. Und ich hab ins Taxi gekotzt, noch bevor es losgefahren ist, ekelhaft. Ich hab dem Kerl fünfzig Dollar gegeben, und er hat mich zur Hölle geschickt. Er hat mich auf die Straße gesetzt. Ich konnte kaum stehen. Ich dachte, das wär nur so was, um einen guten Abend zu haben.

Joan fixierte sie einen Moment, ohne etwas zu sagen.

Wenn ich richtig verstehe, sagte sie schließlich,

bietet dir ein Typ, den du nicht kennst, was an, und du schluckst das mir nichts, dir nichts. Ohne zu wissen, was es ist oder wo es herkommt. Nicht übel, meine Herren. Bravo.

Vickie beugte sich zum Familienpack Orangensaft und stöhnte leise auf.

Sie haben mich genäht, erklärte sie. Ich weiß nicht genau, was passiert ist. Ich kann es mir nur denken. Ich hab schon ein Dutzend Mal geduscht, seitdem ich zu Hause bin. Und mindestens so oft die Haare gewaschen, aber das hat sich festgesetzt, es geht nicht weg. Es müssen viele gewesen sein. Ich war überall vollgespritzt, auch in den Haaren.

Sie verharrte einen Moment unentschlossen, dann fuhr sie fort. Mich an nichts zu erinnern, das ist das Schlimmste. Keine Erinnerung daran zu haben. Nicht, dass es besonders spannend wäre, aber.

Vickie, wir müssen deine Termine durchgehen. Du bist für eine Weile außer Gefecht gesetzt. Dora ist nicht glücklich darüber.

Ich weiß, erwiderte Vickie finster. Wir haben geredet. Sie denkt, ich finde das lustig. Ich war nah dran aufzulegen.

Sie schickt mich, um zu hören, wie es dir geht. Sie macht sich Sorgen um dich.

Für sie bin ich ein Gewinnausfall. Vor allem. Erzähl mir nichts.

Die Sonne stand jetzt höher am Himmel und drang in Vickies Studio, ihre Strahlen tanzten durch die Vorhänge und an der Decke.

Bist du vielleicht anderer Meinung.

Komm, verschieben wir diese Diskussion auf später. Ich bin nicht hier, um mit dir darüber zu streiten. Ich wollte dir nur einen Freundschaftsbesuch abstatten, ich bin da, um zu sehen, wie es dir geht.

Schon gut, schon gut, schimpfte Vickie vor sich hin. Ich fühl mich nicht besonders. Und mir war derart kalt, dass ich zähneklappernd aufgewacht bin, ich war ganz blau. Jetzt geht es wieder, ich hab die Heizung aufgedreht. Sie haben mich am Hafen liegenlassen, bei dem Wind, ich hoffe, ich hab mir nichts Schlimmes eingefangen.

Ruf mich an, wenn du irgendwas brauchst.

Ja, kannst du mein Tiefkühlfach auffüllen. Ich werd mich ein paar Tage nicht von hier wegbewegen. Das haben die mir gesagt. Ich kann kaum gehen. Bitte eher bio, ich muss zu Kräften kommen. Obst für meine Zentrifuge.

Zentrifugen sind out, erwiderte Joan. Du brauchst eine Saftpresse. Auf eBay gibt es gute Angebote. Die Zentrifugen machen alles kaputt. Die drehen zu schnell.

Du erinnerst mich an deinen Vater, sagte Vickie

lächelnd. Ich bin ihm nicht oft begegnet, aber oft genug, um zu sehen, dass er immer top informiert war über das neueste Zeug. Er hat mich beraten, als ich mir ein neues Telefon kaufen wollte. Ein anderes Mal war es die Kaffeemaschine.

Joan sah nach draußen, der Wind flaute ab, wurde fast unhörbar.

Er hatte immer mehrere Eisen im Feuer, antwortete sie ausweichend. Teils sehr widersprüchliche Dinge, anscheinend. So erzählt man sich. Ich habe das nur aus der Ferne mitgekriegt, es ist auch nicht mehr wichtig. Mich interessiert nicht mal, ob du mit ihm geschlafen hast.

Würde dir auch nichts bringen. Uns kann es egal sein. Deine Mutter war auch kein Kind von Traurigkeit. Vergiss nicht, dass Howard immer in der Nähe war.

O ja, mir moralische Lehren erteilen, mir den rechten Weg weisen, bestimmte Grenzen aufzeigen, die man nicht überschreiten sollte, darin war sie gut. Und mir dabei in die Augen gucken, ohne mit der Wimper zu zucken. Als ich meine Sachen gepackt habe, hat mich niemand zurückgehalten, weder der eine noch die andere. Sie haben weggesehen. Einer von beiden, ich weiß nicht mehr, wer, hat mir nachgerufen, meld dich mal, als ich aus der Tür ging. Ich hab geantwortet, klar doch. Das ist fast fünfzehn Jahre her. Wir haben uns ein- oder zweimal im Jahr gesehen, das hat uns nicht näher-gebracht. Es hat uns eher voneinander entfernt, uns betäubt. Ich habe den Nachmittag mit ihnen ver-bracht, wir haben ein paar Worte gewechselt. Sie hat mich zur Bushaltestelle begleitet, und da hat sie mir dann ihr Herz ausgeschüttet. Ich sehe, du ver-stehst, was ich sagen will, Vickie. Ich habe an ihrem Grab keine Träne vergossen, keine Sekunde habe ich daran gedacht.

Joan sah auf ihre Uhr, Vickie schlummerte auf dem Sofa ein. Sie bettete sie, zog die Vorhänge zu und legte eine Decke über sie. Es war jetzt fast Mit-tag. Beinahe wäre sie beim Hinausgehen über den Teppich mit den bunten Motiven gestolpert. Sie hatte so ihre Probleme mit Vickies Einrichtung. Möbel aus den sechziger Jahren, Kitsch, Kunst-leder, Chrom, Bakelit, ihre Resopal-Küchenecke und ihr riesiger roter Kühlschrank, der wie Nagel-lack glänzte, ihr blödes Radio, ihr schrecklicher Tisch, ihre schrecklichen, äußerst unbequemen Stühle, nun ja.

Man suchte sich seine Freunde nicht aus. Vickie machte auf sie denselben Eindruck wie ihr Wohn-zimmer, aber sie war nun einmal da, das musste man akzeptieren, und am Ende konnte man sich sogar mit der Einrichtung abfinden. Das Ganze war pflegeleicht. Man brauchte im Grunde keine wirklichen Freunde. Sie waren Arbeitskolleginnen. Schon seit einigen Jahren. Man musste sich helfen, man musste seinen Lebensunterhalt verdienen. Vielleicht reichte das schon als Verbindung. Sie begegnete Vickie und den anderen Mädchen eben manchmal, sie kannten sich, ohne dass sie viel miteinander zu tun hatten, manchmal tranken sie zwischen zwei Terminen etwas zusammen.

Es war eine Vorsichtsmaßnahme, dass Dora Verbindungen, die über die Arbeit hinausgingen, nicht förderte. Je weniger die Mädchen sich trafen, desto besser für alle, war ihre Meinung. Diskretion war in der Branche heilig, diese Devise stand über allem. John war aus allen Wolken gefallen, als er herausgefunden hatte, was sie trieben – das wiederum nahm seinem Sheriffstern etwas von seinem Glanz, wo ihm doch eigentlich nichts entgehen sollte.

Im ersten Moment hatte es ihm die Sprache verschlagen, er hatte große Augen gemacht, und in seinem Büro war es dunkler geworden, so lange hatte er gebraucht, um die Neuigkeit zu verdauen. Joan und Dora hatten lange, ängstliche Blicke ausgetauscht, während sie abwarteten, was passieren würde. Das Fallbeil konnte jederzeit auf sie niederkrachen. Die Unannehmlichkeiten auf sie einprasseln. Nur ein Wort, und alles brach zusammen.

Raus aus meinem Büro, hatte er mit tonloser Stimme gesagt.

Nur zwei Tage später war er bei ihnen aufgekreuzt. Sie hatte die Szene noch klar vor Augen. Dora und sie waren im Laden. Er trat ein, schloss die Tür hinter sich, hängte das Schild in die Tür und sagte, also, ich habe nachgedacht, das sind meine Bedingungen. Ich glaube, sie sind fair. Wenn sie euch nicht passen, richte ich mich nach dem Gesetz, kein Problem. Ich überlasse euch den diensthabenden Kollegen, und ihr seht, wie ihr zurechtkommt.

Nicht doch, John, beschwichtigte Dora, so weit wird es nicht kommen.

Natürlich nicht, bekräftigte Joan. John ist doch ein Freund.

Damit hängte sie sich vermutlich weit aus dem Fenster. Der Gedanke kam ihr, als sie sah, dass er ein Gesicht machte wie an seinen schlechten Tagen. Es war nicht der Moment, ihn zu verärgern.

Gut, lass hören, sagte Dora.

Ruhe, sagte er. Lass mich reden. Ich will zwei Sachen. Dafür drücke ich bei euren Geschäften beide Augen zu und sorge dafür, dass man euch in Ruhe lässt. Das passt euch oder halt nicht. Zwei Sachen.

Dora nickte. Joan sah ihr beim Nicken zu.

Sehr gut. Also zwei Sachen, wiederholte er. Zum einen will ich Zugang zu den Mädchen haben.

Ganz sicher nicht, empörte sich Joan. Auf gar keinen Fall, da mache ich nicht mit.

Mit dir ja nicht, natürlich, knurrte John. Guter Gott. Für wen hältst du mich. Du hast wohl nicht mehr alle Tassen im Schrank oder was.

Okay, gut. Wenn das so ist, entschuldige bitte, lenkte sie ein. Ich habe nichts gesagt.

Doch, sagte John, hast du. Leider. Ich sage leider, weil gesagt ist gesagt.

Aber John, griff Dora ein, ich sage nicht nein. Ist ganz schön happig, aber ich sage erst mal nicht nein.

Ein- oder zweimal die Woche, erklärte er, das würde mir passen. Ich finde das fair. Was ich euch anbiete, ist ja nicht nichts. Ich würde mit drin-hängen.

Aber John, protestierte Joan, das ist verrückt, was du da von uns verlangst. Träum ich oder was.

Bitte, Joan, halt dich da raus, sagte Dora genervt.

Nein, lass sie, sagte er. Sie kann denken, was sie will. Ich muss ihr gegenüber keine Rechenschaft ablegen. Ich muss ausspannen, ich brauche das. Ich will mal eine Frau im Arm halten, ohne mir Watte in die Ohren stopfen zu müssen. Ich brauche ein bisschen Erholung, ein bisschen Ruhe. Ich bräuchte eine Art Passwort oder Gutschein.

Ja, die Details regeln wir später, stimmte Dora zu. Wichtig ist doch, dass wir uns einig werden. Das lässt sich alles machen, da bin ich sicher, John. Ich möchte keine Schwierigkeiten mit der Polizei haben, du kennst mich, ich hab nie in der ersten Reihe gestanden. Ich hab mich immer ans Gesetz gehalten, meine Steuern bezahlt. Die Polizei nie mit irgendwas beworfen.

John schob die Daumen unter sein Koppel und drehte sich blinzelnd zur Straße.

Und außerdem werde ich das nicht umsonst machen, verkündete er.

Zunächst bekam John keine Gelegenheit, den Preis für den Handel, den er ihnen vorgeschlagen hatte, zu rechtfertigen. Er musste nicht eingreifen, um sie vor zu neugierigen Kollegen zu schützen oder vor aufgeregten, empfindlichen Kunden, die er mit einem Tag in der Zelle zur Ruhe gebracht hätte, aber diesmal war das anders. Er hatte die Dinge in die Hand genommen, hatte Vickie eine umfassende Vernehmung erspart, peinliche Fragen, unnötige Sorgen hinsichtlich der Art ihres Geldverdienstes, vom Konsum einer illegalen Substanz ganz zu schweigen, und er ermöglichte ihr einen diskreten

Abgang durch die Hintertür, nachdem er ihr ein Taxi gerufen und ihr versprochen hatte, dass er sie kriegen würde.

Die Arme, die haben sie ganz schön zugerichtet, sagte er am Ende des Essens.

Sylvie war gerade mit ihrer brüllenden Tochter auf dem Arm nach oben gegangen, und man konnte nicht behaupten, dass John übertrieb. Man konnte ihn beinahe verstehen, zumal das Baby sein Geschrei und Gebrüll aus irgendeinem mysteriösen Grund seinem Vater vorzuhalten schien. Das kleine Ding wurde davon fast blau, und es fehlte wenig, dass die Mauern bebten.

Nur wenn ich sie im Auto spazieren fahre, sagte er. Da ist sie still, und ich hör sie nicht mehr. Es funktioniert nicht, wenn Sylvie fährt. Nein, sie will mich.

Sie nahmen ihre Gläser und setzten sich ins Wohnzimmer. Einen kennen wir schon, sagte er. Bei den anderen sind wir noch unsicher. Wir analysieren Videos, bald wissen wir es. Ansonsten ist alles unter Kontrolle. Siehst du, ich hatte es dir ja gesagt. Ihr bekommt was für euer Geld. Jede kann das sehen. Erst wenn das Gewitter da ist, bereut man es nicht, einen Schirm gekauft zu haben.

Es kommt darauf an, was der Schirm gekostet hat, weißt du.

Nein, Vickie sollte mir dankbar sein. Und du auch, glaube ich. Rechnet das mal durch. Und erzähl mir nicht, dass euch das alles nichts gekostet hätte, wenn ich nicht da gewesen wäre. Die Scherereien, die ich euch erspart habe. Die Füße müsstet ihr mir küssen.

Er verzog das Gesicht zu einem Lächeln.

Joan trank aus. Das Kind schluchzte nur ab und an noch auf. Aber kaum war es still geworden, ging das Geschrei wieder von vorn los, noch heftiger. Beängstigend. Sie spähte zu John hinüber, der mit gesenktem Kopf dasaß, die Augen geschlossen, und mit der Fußspitze den Schaukelstuhl leicht anstieß.

Vickie wird mir fehlen, sagte er schließlich, als er die Augen öffnete.

Er erhob sich und stellte sich mit überkreuzten Armen ans Fenster. Der Mond schwamm in einer Musselinwolke. Auf der Anhöhe glänzte ihr früheres Haus wie eine neue Münze. Ein junges Paar war dort eingezogen, ganz aufgeregt, noch vor Ende der Bauarbeiten, durch die alles erneuert und das Haus bis zur Unkenntlichkeit verändert wurde, aber es war gut, sie fand es gut. Sie spürte in ihrem Herzen nicht das geringste Ziehen, Marlon hingegen hatte eine Art Indianertanz aufgeführt, gestikuliert und gestöhnt und dabei den Blick abgewandt.

Geht es den beiden gut da oben, erkundigte sie sich.

Ich fand es besser, als du da warst, besser für Sylvie. Aber es passt schon, ich kenne sie nicht. Sie nerven ein bisschen mit ihren Bauarbeiten, aber sie sind höflich, also lass ich sie machen. Das Mädchen sieht übrigens Vickie nicht unähnlich, ist derselbe Typ. Es wird mich schmerzen, sie unter meinem Fenster vorbeilaufen zu sehen, während Vickie die Hölle durchmacht wegen ihrer Nähte. Wie ist das, fragte er besorgt, wird das wieder wie vorher, heilt das, ich hoffe, dadurch wird sich nichts ändern, das hoffe ich wirklich. Heilen diese Sachen gut deiner Meinung nach, das würde mich interessieren.

Sie wandte sich dem Fenster zu.

Schwer zu sagen, antwortete sie. Alles ist möglich, gute Überraschung, böse Überraschung, gar keine Überraschung.

Nein, ich will keine Überraschung, will ich nicht. Ich will nichts anders haben. Es war perfekt. Gütiger Himmel, ich habe den ganzen Tag an sie gedacht.

Joan musterte ihn kurz.

John, sagte sie. Pass auf, dass du es nicht zu weit treibst. Komm mal ein bisschen runter. Vergiss nicht, das ist ein gefährliches Spiel. Sex ist ein echtes Gift. Vor allem für Typen deines Alters.

In den Fenstern war Licht, Schatten huschten vorbei. Die Bäume wirkten höher, sie hatten einen weißen Zaun aufgestellt und den großen Ast abgesägt, an dem Marlon sein Vogelhäuschen befestigt hatte, eine Parabolantenne auf dem Dach angebracht, die Büsche beschnitten.

Wirke ich, als ob ich verrückt wäre, fragte er schließlich. Hast du das Gefühl, ich verliere den Sinn für die Dinge. Aber es kommt eben so selten vor, das passiert nicht oft in einem Leben, das weißt du sehr gut. Es gibt nur wenige Sachen, die wirklich zählen, die essentiell sind, für die du kämpfen würdest bis aufs Blut. Sexuelle Harmonie. Das ist es, wovon ich spreche, von sexueller Harmonie, der perfekten Alchimie, drücke ich mich klar aus.

Natürlich. Ich verstehe sehr gut. Ich hab dir doch mal erzählt, wie es mit Howard war, kurzum, ich denke noch daran, weißt du. Ich habe jetzt sechs Monate hinter mir, in denen ich kein einziges Mal in den Armen eines Mannes echte Gänsehaut hatte.

Siehst du. Genau. Genau. Ich bin froh, dass wir uns verstehen, Joan. Weil es Leute gibt, denen erzählst du von sexueller Harmonie, und sie lachen dich aus.

Sylvie kam zurück und bereitete der Unterhaltung ein Ende. Das Kind plärrte oben weiter. Der

Mond stand jetzt höher am Himmel. Sylvie hatte ein Nachthemd an, ihre Haare waren zerzaust.

Sie wird schon einschlafen, sagte sie. Vielleicht kriegt sie Zähne.

Sylvie blieb auf der Treppe stehen, die beiden anderen im Wohnzimmer regten sich auch nicht mehr, die Blicke auf sie gerichtet, und so waren alle einige Sekunden eingefroren, wie benommen, und wussten nicht recht, was vor sich ging.

Joan rührte sich als Erste. Sie schnappte sich ihre Jacke und ihren Schal und bedankte sich bei Sylvie für die Lasagne, die, wie John kopfschüttelnd sagte, keine verdammte Italienerin besser hinbekam. Sylvie ging ohne ein Wort zurück nach oben ins Zimmer, wie ein Zombie, denn ihre Tochter plärrte, nach einer kurzen Verschnaufpause, von neuem los.

Zu Hause ging Joan sofort zu ihrem Sofa und ließ sich fallen. Sie hatte einen langen Tag gehabt. Sie dachte an die Dusche, die sie gleich nehmen würde, sobald sie ein wenig zu Kräften gekommen war. Sie hatte kein Licht gemacht, der Mond strahlte hell und glänzte auf dem Boden. Sie mochte dieses Haus, es hatte noch alte Fenster und nicht diese PVC-Fenster mit Doppelglas, die sich mit einem saugenden Geräusch schlossen, sie roch das Holz, man konnte einen Nagel in die Wand schlagen, ohne durch den Gipskarton zu dringen, der Wasserdruck war gut, die Küche war in Ordnung, zumal man beim Abwaschen auf den Fluss blickte, und Marlon hatte das Obergeschoss für sich, er war glücklich, er konnte in Ruhe mit Ann-Margaret vögeln, die wahrscheinlich auch glücklich war, Joan hörte sie. Sie rauchte eine Zigarette im Dunkeln, die beiden waren genau über ihr.

Sie erwachte aus ihrer Träumerei, als sie Marlon hörte. Er hockte vor dem Kühlschrank und nahm zwei Dosen Bier heraus, die er sich in die Taschen seines Morgenmantels schob, um die Hände frei zu haben für eine Packung Chips und eingeschweißte Schinkenbrezeln.

Du solltest kein Bier trinken, seufzte Joan. Das weiß sie doch.

Ich möchte aber.

Ja, aber tu mir den Gefallen.

Dafür rauche ich nicht. Nein, nie.

Ich weiß. Aber wenn sie sagen, kein Alkohol, dann haben sie einen Grund dafür.

Er zuckte die Achseln und verzog das Gesicht. Mit Mühe gesellte sie sich zu ihm, sie hatte wirklich zu wenig geschlafen, war aber plötzlich sehr durstig.

Siehst du, ich bin nicht sehr spät gekommen, sagte sie und neigte sich ins Kühlschranklicht, um ein Perrier herauszunehmen. Es ist nur, weil der Tag früher zu Ende geht, die Zeit verkürzt sich, dafür kann ich nichts. Aber Josefa, ihr Baby, lieber Gott, ich glaube, es brüllt von morgens bis abends, das arme Mädchen. Der Abend dort hat mir den Rest gegeben. Sie sind doch merkwürdig, oder.

Marlon tauchte die Finger in eine Schale mit kaum aufgekeimten Sprossen und stopfte sich nickend eine Portion in den Mund.

Sie sind mit den Arbeiten fast fertig, erzählte sie weiter. Fehlt nur noch das Hochparterre. Sie haben einen Zaun um den Garten gebaut, und sie haben Bäume gepflanzt. Man erkennt es kaum wieder. Aber es scheint ihnen gutzugehen, der Mann hat laut John wieder ein Vogelhäuschen aufgehängt. Im selben Baum.

Gut, sagte Marlon, dann geht es ja. Ich denk nicht dran.

Er bereitete mit Sorgfalt ein paar Schinkenbrote zu. Joan, hinter ihm stehend, sah ihm dabei zu.

Sie muss ja ganz schön Appetit haben, sag mal, kommentierte sie schließlich. Ich meine, für eine Frau in ihrem Alter ist sie in Form. Sie ist mindestens sechzig, glaube ich, sie hat schon graue Haare.

Er kicherte, als hätte sie ihm gerade einen guten Witz erzählt.

Marlon, seufzte sie, wir sollten ernsthaft darüber

reden. Es ist meine Aufgabe, dich zu warnen. Ich kann dich nicht davon abhalten zu tun, was du willst, aber du solltest wissen, was dich erwartet. Was ganz bestimmt passiert. Was du nicht weißt. Du musst dich darauf vorbereiten, der Schock wird dann nicht so heftig sein. Ich möchte dir nur die Augen öffnen.

Brauch ich nicht. Nicht nötig.

Du weißt nichts über sie, du weißt nichts von ihrem Leben. Gar nichts. Sieh mich an. Verdammt, du weißt nicht mal, wovon ich rede. Ich frage mich, wozu ich überhaupt da bin. Gute Frage, oder. Du hilfst mir nicht gerade bei der Antwort, das merkst du schon, oder.

Er senkte den Kopf. Sie hätte nicht sagen können, ob er verdruckst war oder einfach abwartete, bis er wieder zu Ann-Margaret konnte.

Ich glaube, ich geh mit Moss spazieren, sagte sie. Ich brauche frische Luft.

Die meisten Mädchen hatten eine Schwäche für Luxushotels, erstklassige Bedienung, funkelnde Badezimmer, vorbildlichen Room Service, zarte Laken, die phantastische Bequemlichkeit der Betten und dieses ganze Zeug, Joan konnte das nachvollziehen und war auch nicht dagegen, dennoch bevorzugte sie das Studio, das Dora ihnen zur Verfügung stellte, wenn sie um absolute Diskretion gebeten wurden. Es hatte einige Veränderungen gegeben im Laufe dieser fünfzehn Jahre, und Joan hatte alle Phasen mitgemacht. Daran dachte sie, als sie sich auszog, sie fühlte sich betrunken, und der Mann auf dem Bett knotete sich trällernd die Schuhe auf. Auch er war ziemlich betrunken. Sie hatten zu viel Champagner intus, er hatte sie zu einer feuchtfröhlichen Abendveranstaltung mitgenommen, wo sie kaum etwas gegessen hatten, und jetzt wollte der Mann vögeln und keine Minute verlieren.

Sie mochte den Geruch des Studios. Manchmal, wenn sie mit dem Geschäftlichen durch und der Kunde weg war, ruhte sie sich hier noch ein oder zwei Stunden aus.

Manchmal hatte sie Startschwierigkeiten. Der Mann hatte einen dichten Bart, der ihre Schenkel pikste wie Nadeln. Sie versuchte, sich auf das zu konzentrieren, was er tat, aber sie war mit den Gedanken woanders. Ein Glück, dass der Mann einen kleinen Schwanz hatte, jedenfalls nichts Außergewöhnliches, nichts, wobei sie sich besonders einbringen musste. Sie verstand seine Sprache nicht – das kam öfter vor, war aber nie ein Problem, es war allen egal, alle pfiffen drauf.

Die Sicht auf den Hafen war wunderbar, der kleine Balkon charmant.

Am Anfang hatte sie hier ein paar Monate verbracht. Dora hatte ihr den Schlüssel gegeben, um ihr zu helfen, sie hatte ihr sogar einen Job angeboten. Ihre einzige Bedingung war gewesen, dass sie das Studio räumen musste, wenn ein Mädchen Bedarf hatte. Sie war einverstanden gewesen und hatte Freudensprünge gemacht. Sie war gerade achtzehn geworden, und die Dinge liefen gut. Dora hatte sich gleich um sie gekümmert. Sie hatten diesen kleinen Laden eröffnet. Sie freuten sich, etwas zusammen zu machen, eine Boutique zu führen, die Umgebung nach Fundstücken abzusuchen, sogar auf Martha's Vineyard, vor allem wenn die schönen Tage kamen, wenn die Insel unter dem grellblauen Himmel wieder aufblühte.

Mehr als für sein schlechtes Gerammel interessierte sie sich sorgenvoll für den Gesichtsausdruck des Mannes, sie fragte sich, ob er sich nicht auf sie übergeben werde, bitte nicht das, lieber Gott im Himmel.

Aber dann war sie es, die sich zur Seite rollte, als er gerade richtig in Fahrt war. Er stieß einen Schrei aus, als sie sich unter ihm wegriss, um neben das Bett zu kotzen. Eine echte Katastrophe. Hatte ihr jemand etwas ins Glas getan. Kurz kam ihr Vickie in den Sinn, der sie eine Predigt gehalten hatte.

Dem Mann entfuhr vor Ärger und Ekel ein

Knurren. Er machte einen Satz zurück, stieg aus dem Bett und beschimpfte Joan in seiner Sprache, ungerührt von den Krämpfen, unter denen sie sich wand und die ihr die Kehle verbrannten.

Sie entschuldigte sich bei ihm, als er grün vor Wut schon in seine Hose stieg, und torkelte zum Bad, weiß wie ein Laken, die Lippen hellgrau. Sie steckte ihren Kopf unter die kalte Dusche.

Nach einer Weile fühlte sie sich besser. Sie nahm einen tiefen Atemzug, wie ein Taucher, der nach einer Sauerstoffpanne, die ihn fast das Leben gekostet hätte, wieder an die Oberfläche kommt. Sie drehte den Hahn zu. Stille hüllte sie ein, und sie lauschte. Mühsam richtete sie sich auf und stellte fest, dass das Studio leer war, die Tür stand sogar offen. Der Geruch war widerlich. Sie öffnete die Fenster, die auf den Ozean hinaus gingen – wegen des Nebels sah man ihn nicht, spürte aber, wie mächtig er war. Sie nahm sich einen Eimer und ein Paar Putzhandschuhe aus Gummi, die sie unter der Spüle in der Küche fand. Ihre Laune war mies, ihr war übel, und am Horizont zog eine Migräne vom Feinsten auf.

Wenn es eine seltsame Sache gab, die sich mit der Zeit bestätigte, dann, dass kein anderer Mensch außer Marlon sie friedlich stimmen konnte, wenn sie schwarzsah. Sie konnte es sich nicht genau erklären, zumal er dafür nichts Besonderes tat, außer sie kurz zu umarmen, und auch das ohne Gefühlsbekundungen, ohne ein tröstendes Wort, steif wie ein Stock, und doch – oder vielleicht gerade deshalb, eben weil seine Umarmung so ohne jedes Gefühl war – spürte sie schnell Erleichterung, trat dann ungeschickt und irritiert einen Schritt von ihm weg, während er sich wieder seiner Beschäftigung zuwandte, ohne über dieses unwahrscheinliche, kaum ein oder zwei Minuten während Zwischenspiel das geringste Wort zu verlieren.

Marlon war ein wahres Mysterium. Das Zusammenleben mit ihm war kein Zuckerschlecken, aber die Welt, in der er lebte, faszinierte sie. Und sie empfand gegenüber dieser Welt ebenso viel Angst wie Anziehung. Sie konnte kaum glauben, dass sie die vergangenen fünfzehn Jahre in seiner Nähe verbummelt hatte, fast ohne ihn zu sehen, das machte sie sprachlos. Sie beobachtete ihn gern lange, wenn sie Ruhe hatten, wenn er im Garten seine Runden drehte, die Küche aufräumte oder stundenlang vor seinem Computer saß oder wenn er einen Joghurt aß und dabei Nachrichten schaute, als kämen sie direkt vom Mars. Es entspannte sie, ihn anzusehen.

Natürlich war da Ann-Margaret, die das alles ein wenig durcheinanderbrachte, was auch immer Joan zu ihr sagte. Sie versicherte ihr, dass alles gut sei, dass sie nichts gegen sie habe, aber das stimmte nicht ganz. Es konnte nicht ganz stimmen, unmöglich. Beim besten Willen.

Zunächst einmal war sie Marlons Schwester. In ihren Adern floss das gleiche Blut. Ann-Margaret konnte nicht einen Platz einnehmen, der schon besetzt war, das verstand sich von selbst. Dennoch konnte Joan nachvollziehen, dass Ann-Margaret ihren eigenen Kampf führte und dass darum ein Hauch von Feindschaft in der Luft lag, wenn sie aufeinandertrafen – ein Spannungsfeld von wenigen Volt, lästiger als alles andere.

Im Grunde war sie ihr gar nicht so böse, sie übertrieb. Ann-Margaret hatte nicht nur schlechte Seiten. Und da die Wahrscheinlichkeit, dass Marlon wieder zur Vernunft kam, augenscheinlich gering war, so erfüllt, wie er von diesem Quasi-Zusammenleben mit dieser alten Frau war, die durchaus seine Mutter hätte sein können, so war es besser, fand sie, gute Miene zum bösen Spiel zu machen. Und sie bemühte sich. Sie redete mit ihr, lächelte ihr zu, manchmal gingen sie zusammen ins Kino, sie überließ ihr die Küche, um Pancakes zu machen, hin und wieder tranken sie in der Stadt zusammen mit Dora etwas und lachten alle drei wie die besten Freundinnen der Welt.

Brett hatte ihr signalisiert, dass Dora und Ann-

Margaret zusammenhalten würden, wenn Dora genötigt würde, Partei zu ergreifen.

Legst du dich mit der einen an, legst du dich mit der anderen an, sagte er, ich hatte es schon einmal mit beiden zu tun, ich sag das nicht nur so daher. Sie haben mich in die Mangel genommen, weißt du. Ich spreche lieber nicht drüber. Sie sind nicht nur richtig charmant, sie können auch richtige Bestien sein. Habe ich mich klar ausgedrückt, Joan.

Solange es draußen schön gewesen war, hatte Brett gern in ihrem Garten gelesen oder Marlon Gesellschaft geleistet, der manchmal herunterkam, um ihm Kaffee zu bringen, und dann wieder hinaufging, um an seinem Computer etwas zu machen, mit dem er noch nicht fertig geworden war. Aber seit einem guten Monat wurden seine Besuche seltener, es war jetzt zu kalt. Die gefrorene Erde war rutschig. Morgens war der Liegestuhl von Eis bedeckt, und der Baum, unter dem er vor der Sonne Schutz gesucht hatte, trug keine Blätter mehr. Von Zeit zu Zeit erzählte er Marlon die Geschichte, die er gerade las.

Er versteht diese Papierfiguren besser als Leute wie dich und mich, weißt du, die Bewohner dieser Welt, unserer Welt halt. Die nicht wirklich seine ist.

Sie nickte. Sie wusste genau, was Brett meinte. Er meinte diesen Ort, von dem sie ausgeschlossen war, diesen undurchdringbaren Wald. Dass sie nicht die einzige an der Schwelle Zurückgelassene war, änderte nichts. Auf lange Sicht konnte das ein Grund sein, in nicht geringem Maß melancholisch zu werden, wenn man nicht achtgab.

Ich mochte deinen Vater, hatte Brett gesagt, als sie eines Nachmittags in ihren Liegestühlen saßen, nach einem recht langen Schweigen, das sie und er nutzten, um mit halbgeschlossenen Augen von der letzten Süße der Sonne zu kosten, ihrem Herbststrahlen – danach wurde es recht schnell kalt und dunkel.

Ich habe es dir nie gesagt, hatte er geseufzt, aber jetzt ist es raus. Frag mich nicht, warum. Er hat mich verachtet, aber ich mochte ihn. Ich hatte keine Lust auf ihre Sachen, ich wollte mich nicht einbringen, ich habe keine Flugblätter verteilt, ich war auf keiner Demo, ich habe auf keine Polizisten eingeschlagen. Er ertrug mich, weil ich Doras Freund war, das ist alles. Aber ich mochte ihn. Er hat Monate gebraucht, um ein Wort an mich zu richten, und was weiß ich wie lange, um mir die Hand zu geben.

Trotzdem glaube ich nicht, dass ich so eine unerträgliche Göre war, hatte sie gesagt. Keine, die man ins Kloster stecken musste.

Nein, aber sie hatten nur eine Sache im Kopf, alle

beide. Das hatte nichts mit dir zu tun. Sie waren verrückt, weißt du. Sie haben mir Angst gemacht. Aber dein Vater hatte wirklich ein Leuchten im Blick, das sieht sogar John so, und Gott weiß, dass der als stellvertretender Sheriff ein Hühnchen mit Gordon zu rupfen hatte, aber er hat immer gedacht, dass dein Vater besessen war. Deine Mutter übrigens auch, nur dass sie von anderen Dingen besessen war. Suzan war eher kopfgesteuert, fanatischer.

Manchen Menschen sollte man verbieten, Kinder zu bekommen, hatte sie gesagt. Das wäre moralisch vertretbar.

Er öffnete die Augen, blinzelte ins Licht, deutete ein Lächeln an, sie auch.

Du solltest nicht den Stab über sie brechen, sagte er ernster.

Ich versuche, nicht daran zu denken, antwortete sie. Das ist alles, was ich tun kann, mehr kann man von mir im Moment nicht verlangen. Und ich gebe mir Mühe. Ich weiß nicht, ob man das sieht, aber ich tue es.

Er hatte ihr freundschaftlich seine Hand entgegengestreckt. Zwei Tage später war die Kälte gekommen.

Nachdem Dora aus dem Krankenhaus entlassen worden war, ging sie in eine Privatklinik, um sich zu erholen. Sie hatte Joan damit beauftragt, sich bis zu ihrer Rückkehr um die Mädchen zu kümmern.

Im Laden wird Ann-Margaret dir helfen.

Das ist nicht nötig.

Doch, ist es, hatte Dora kategorisch gegengehalten. Du wirst dich um eine ganze Menge kümmern müssen, das weißt du so gut wie ich. Bald kommen die Feiertage. Du wirst mir noch danken.

Ann-Margaret kannte sich überhaupt nicht aus. Joan hatte sich das schon gedacht, so wie sie sich immer anzog – ein paar Kartoffelsäcke hätten es auch getan –, was nicht weiter problematisch gewesen wäre, hätten sie nur Nägel und Schrauben in einem Baumarkt irgendwo im tiefsten Texas verkaufen wollen. Aber so war es eben nicht. Keine Kundin fragte sie um Rat, wollte ihre Meinung hören, und die Unentschlossenen ließen sie bald stehen und wandten sich an Joan.

So etwas lernte man nicht in fünf Minuten. Ann-Margaret behauptete, nicht beleidigt zu sein und dass die Auswahl eines Kleidungsstückes sie Gott sei Dank noch nie an den Rand einer existentiellen Krise getrieben habe, aber Joan sah, dass es sie nicht kaltließ, und versuchte, sie aufzumuntern, wie es eine echte Freundin getan hätte. Dora konnte sich eine Grimasse nicht verkneifen, als sie feststellte, dass der Verkauf nachgelassen hatte, und Joan erklärte ihr, dass die Geschäfte immer dann abflauten, wenn sie Ann-Margaret im Laden allein ließ, beeilte sich dann aber gleich, sie in Schutz zu nehmen – und Dora hörte überrascht und wohlwollend zu, wenn sie Ann-Margaret verteidigte, so unerwartet war das.

Doras Zimmer ging auf den Garten hinaus, aber sie war zu spät, um das zu genießen, der Winter war eingezogen, die Natur kauerte sich zusammen, wurde trübsinnig, der Abend kam schnell.

Ich kann nicht lange bleiben, sagte Joan. Marlon wartet auf mich, und ich muss mich um die Termine der Mädchen kümmern. Also gut, geben wir ihr eine Chance. Ich glaube, sie kann das besser machen. Ich brauche sie so oder so für die Feiertage. Sie hilft mir ja schon, weißt du. Aber trotzdem. Ich kann es kaum erwarten, dass du zurückkommst und deinen Platz einnimmst. Das ist alles, was ich will.

Es ist sehr lieb von dir, mir das zu sagen. Danke, meine Süße. Etwas musst du dich noch gedulden, aber ich werde hier so schnell wie möglich raus sein, du kannst dich auf mich verlassen.

Die Termine der Mädchen mit den Kunden koordinieren, die Hotels buchen, das Geld kassieren, den Anrufbeantworter rund um die Uhr im Blick haben, die Fragen beantworten, die man ihr zu den

Mädchen stellte, zu ihren Vorlieben, ihrem Charakter, kurzum die ganze organisatorische, logistische Arbeit, um den Ball am Laufen zu halten, war herzlich langweilig, beschäftigte sie aber eine ganze Weile, nachdem sie heimgekommen war.

Sie schrieb sich gerade Nachrichten mit einem Kunden von Vickie, der vor kurzem seine Frau verloren hatte und dringend einen Termin wollte, um das zu feiern. Sie antwortete ihm, dass sie in den nächsten zwei Tagen keine Termine zu vergeben habe, weil alle Mädchen schon seit langem gebucht seien, da hörte sie Marlon die Treppe herunterkommen. Schnell klappte sie ihren Computer zu.

Sie lebte mit der andauernden Angst, dass er entdeckte, was sie ohne sein Wissen trieb. Zwar achtete sie darauf, nie etwas Verräterisches herumliegen zu lassen, tausend Vorkehrungen zu treffen, sich nie von ihrem Computer zu trennen, dennoch war die Angst immer da. Joan wollte auf keinen Fall, dass er es erfuhr. Sie fürchtete seine Reaktion, dass er es schlecht aufnehmen könnte. Das konnte man bei ihm nicht wissen.

Auch war sie der Verschwiegenheit der anderen ausgeliefert, und es waren nicht wenige, die die geheime Seite ihrer Arbeit kannten. Wenn sie daran dachte, wurde ihr schwindlig. Alles, was Marlon und sie sich seit sechs Monaten wiederaufbauten, diese unwahrscheinliche und geduldige gegenseitige Anpassung, konnte sich in Rauch auflösen, wenn nur ein Plappermaul aus ihrer Bekanntschaft ihr Geheimnis verriet, und sei es nicht mal böse gemeint.

Gut, dass wir Holz bestellt haben, sagte sie. Es wird kalt. Das wäre eine gute Gelegenheit, den Kamin auszuprobieren, oder.

Er blieb abrupt vor dem Kühlschrank stehen und drehte sich verwirrt zu ihr.

Oder hast du was Besseres zu tun, fragte sie weiter. Es kann auch noch ein paar Tage warten.

Er stieß eine Art missbilligendes Knurren aus und schüttelte den Kopf.

Sehr gut, sagte sie. Dann los. Das wird unser erstes Feuer in diesem Haus. Ich überlasse dir das Anzünden.

Er gluckste. Er freute sich. Er klatschte in die Hände.

Er war zugleich geschickt und ungeschickt, anwesend und abwesend. Bei den Schießturnieren zum Beispiel, die sein Verein organisierte und die er um keinen Preis verpasste, trat er gegen die Besten an, er versetzte sie in Staunen, aber wenn es darum ging, einen Nagel einzuschlagen oder seine Schuhe richtig zu binden, war das eine andere Sache. Und wollte man wissen, ob er einem zuhörte oder woanders war, musste man ihn sehr genau beobachten und von einer gewissen Routine profitieren, um zu erkennen, ob er verstand, ob in seinem Hirn ankam, was man ihm sagte.

Nachdem er die halbe Schachtel Streichhölzer verbraucht hatte – Joan hielt sich bewusst damit zurück, ihm Hilfe anzubieten –, jubelte er, als die Flammen sich schließlich an den Zweigen hochschlängelten, die er sorgfältig angeordnet hatte. Er stieß einen Freudenschrei aus, der wie das Quaken eines Tropenfroschs klang, und machte einen Rückwärtssprung, landete auf dem Hintern, neben Moss, der schwanzwedelnd nach dem Rechten sah.

Er scheint gut zu ziehen, sagte Joan. Die Agentur hatte mir das bestätigt. Schön, wenn man es nicht nur mit Gaunern zu tun hat.

Sehr gut, er funktioniert, bekräftigte Marlon. Sehr perfekt gut.

Das Feuer erleuchtete den Raum. Moss fiepte zufrieden, legte sich auf den Teppich und räkelte sich wie eine Katze.

Willst du dich darum kümmern, fragte sie und deutete mit dem Kinn in Richtung Kamin. Du machst das besser als ich. Ich müsste ihn dann nur noch anzünden, wenn ich heimkomme. Oder besser noch, du zündest ihn an, du hättest die Ehre.

Sehr super gut. Du kannst mich zählen.

Auf mich.

Auf mich. Ich kümmere mich um alles. Du kümmerst dich um nichts. Toll.

Er zog die Knie an die Brust, legte die Arme drum und schaukelte vor und zurück, der Blick abwesend, glänzend.

Sie hatte keinen schlechten Tausch gemacht. Vermutlich könnte sie nicht offen aussprechen, dass der Tod ihrer Eltern das Beste war, was ihr passieren konnte. Sie wagte kaum, es zu denken, ihr fehlte der Mut, und doch war es so. Nichts aus ihrem vergangenen Leben war übriggeblieben, nichts, das eine Erinnerung wert wäre, nichts, was sie hätte rot markieren, kein Gesicht, das sie hätte liebkosen, nichts, dem sie hätte nachweinen können. Erst jetzt war ihr das völlig bewusst. Nur langsam hatte sie klarer gesehen, wo sie anfangs nur flimmernde Formen wahrgenommen hatte, wie durch eine Hitzewand, bis eines Morgens, in verblüffender Schärfe, Marlon vor ihr auftauchte, als sie auf der Veranda ihres alten Hauses frühstückte. Sie hatte in diesem Moment nicht richtig begriffen, was mit ihr passierte, aber sie hatte eine seltsame Kraft gespürt, die in sie eindrang und sich tief in sie hineinbohrte.

Marlon schlief ein, während sie vor sich hin

träumte. Er lag mit angezogenen Beinen auf dem Sofa, seine beiden Fäuste waren sein Kissen. Es war nicht spät, aber schon seit einer Weile dunkel draußen. Sie stand auf, als sie Ann-Margaret ankommen, wie selbstverständlich die Allee herauffahren und auf der anderen Seite parken sah, wie sie es als ständiger Gast an diesem Ort immer tat.

Joan schob ihren Rock hoch und wärmte sich am Kamin den Hintern, die Glut war immer noch von einem hysterischen Rot. Sie hörte die Schritte Ann-Margarets, die über ihr von einem Zimmer zum anderen ging. Sie hörte sie zwei- oder dreimal nach Marlon rufen.

Es dauerte noch gute zwei Minuten, bevor sie herunterkam, um zu fragen, ob sie da wären.

Joan zog ihren Rock zurecht und legte einen Finger an den Mund.

Er ist vor dem Feuer eingeschlafen, erklärte sie. Ich habe es nicht übers Herz gebracht, ihn zu wecken. Ich werde ihm sagen, dass du da warst. Ann-Margaret lächelte nur. Sie gehörte zu diesen Frauen, die von ihren sechzig Jahren noch nicht am Wegesrand zurückgelassen worden waren und nichts mehr zu verlieren hatten, sie konnte sich so schlecht kleiden, wie sie wollte, man musste zugeben, dass sie sich erstaunlich gut gehalten hatte. Das sah man auch ohne Brille.

Er sieht aus wie ein Engel, wenn er schläft, seufzte sie. Ich habe ihm doch aber eine Nachricht hinterlassen.

Ich weiß nicht. Er hat nichts gesagt. Er wird es vergessen haben. Die verdammten Telefone, man hat das Gefühl, der Mittelpunkt der Welt zu sein. Da bin ich wie du.

Sie tauschten einen Blick, dann näherte Ann-Margaret sich Marlon und beugte sich über ihn. Sie pustete ihm sanft ins Gesicht.

Was machst du denn, entrüstete Joan sich und zog sie am Ärmel.

Ich wecke ihn, beruhig dich. Ich habe nicht vor, ihn zu rütteln.

Er schläft doch. Es geht ihm gut, tut mir leid. Du kommst zum falschen Zeitpunkt.

Halb verunsichert, halb erregt trat Ann-Margaret einen Schritt zurück, ohne den Blick von Joan abzuwenden.

Was, fuhr Joan fort, du wirst jetzt kein Drama daraus machen, hoffe ich. Ich glaub, ich träume. Ich weiß nicht, ob es zum Lachen oder zum Weinen ist. Versetz dich mal in meine Lage. Versetz dich mal eine Sekunde in meine Lage, bitte. Kannst du mal aufhören, immer nur an dich zu denken. Und sei bitte nicht so beleidigt. Wir spielen hier keine Tragödie.

Und was spielen wir sonst. Sag es mir. Ich höre. Hat das was mit Territorium zu tun oder was.

Joan lachte auf. Was für ein Territorium denn, nicht im Geringsten. Das ist ja gestört, hör mal. Ich will nur nicht, dass du meinen Bruder weckst, der ruhig auf dem Sofa schläft, und du machst so ein Gewese drum. Überleg doch mal. Ich mag dich, Ann-Margaret, aber du musst zugeben, du nervst. Was Lächerlicheres als diese Geschichte von wegen Territorium ist mir noch nicht untergekommen. Ich frage mich, ob du das absichtlich machst.

Ann-Margaret hatte nicht einmal ihre silberne Daunenjacke mit Kapuze ausgezogen. Sie musste nur den Reißverschluss schließen und marschierte Richtung Tür.

Ich sag ihm, dass du da warst, rief Joan ihr hinterher. Komm gut heim.

Ach, du kannst mich mal, antwortete Ann-Margaret, ohne sich umzudrehen. Bis morgen.

Joan sah ihr nach, wie sie steifen Schrittes zu ihrem Honda Shuttle lief, mit rundem Rücken, übergestülpter Kapuze, die Hände in den Taschen, wahrscheinlich voller dunkler Gedanken, und fasste die Möglichkeit ins Auge, eine Stoffpuppe nach Ann-Margarets Vorbild zu basteln und sie mit Nadeln zu spicken.

99, während der Unruhen in Seattle, hatten Gordon und Howard zusammen mit anderen Aktivisten aus allen Ecken der Welt einen Aufenthalt im Gefängnis aufgebrummt bekommen, und sie hatten dort viel gelernt. Ganz besonders über die verschiedenen Arten, in größter Heimlichkeit eine Kriegskasse anzulegen, die in erster Linie der Finanzierung ihrer künftigen Aktionen dienen sollte. Joan konnte nicht sicher wissen, woher genau das Geld kam, das ihr Vater gewissenhaft hatte verschwinden lassen und das sie nur knapp gerettet hatte. Und sie scherte sich auch nicht darum, es herauszufinden. Sie sagte nicht, dass sie perfekt war, sie sagte nicht, dass Weiß ihre Lieblingsfarbe war. Sie las jeden Tag Zeitung. Sie wusste gut, in was für einer Welt sie lebte.

Eines Morgens stand Hinge vor ihr, Howards Frau.

Ich komme nicht, weil ich Ihnen was Schlechtes will, Joan, ich komme nicht, um Ihnen irgendwas zu verkaufen, überhaupt nicht.

Joan, die für einen Moment den Faden der Unterhaltung verloren hatte und mit dem Blick einem Schwarm Pelikane folgte, der die Küste entlang Richtung Cape Cod flog, wandte sich wieder ihrer seltsamen Gesprächspartnerin zu.

Hinge wirkte aufrichtig. So dass Joan im Laufe

ihrer aufschlussreichen Unterhaltung aufgehört hatte, misstrauisch zu sein. Es stellte sich heraus, dass Howard gelogen hatte, als er vorgab, verheiratet zu sein. Hinge und er waren nicht verheiratet. So wenig, wie sie in Wirklichkeit zusammenwohnten. Und den kleinen zweijährigen Jungen gab es auch nicht, natürlich nicht.

Sagen wir, Howard kam bei mir vorbei, wenn er Lust hatte, sagte sie verbittert. Das war alles, was ich von ihm bekommen konnte.

Hinge hatte ausgeblichenes, blondes Haar, war dünn wie ein Spargel, mit großen Augenringen, blassen Lippen und durchscheinender Haut, unter der man die Knochen sah. Sie hatte gesundheitliche Probleme gehabt, über die sie nicht sprechen wollte, die sie aber daran gehindert hatten, sich früher zu melden nach Howards Tod.

Ich habe sie gefunden, als ich sein Studio aufgeräumt habe, erzählte sie weiter. Ich dachte, ich habe kein Recht, sie wegzuschmeißen. Sie haben sich viel geschrieben, wissen Sie. Ihren letzten hat sie ein paar Tage vor ihrem Tod geschrieben.

Joan warf erneut einen kurzen Blick auf den Beutel, den Hinge ihr vor die Füße gestellt hatte.

Ich danke Ihnen für Ihre Mühe, sagte sie, aber ich glaube nicht, dass ich sie lesen werde. Es geht mich nichts an. Ich war nicht eingeweiht.

Ich dachte, Sie wären es.

Nein. Ich wusste von der Beziehung. Aber ich dachte, es wäre vorbei. Ich hatte keine Ahnung, dass es eine Fortsetzung gab. Und keine unbeträchtliche, wie ich sehe. Ich war überzeugt davon, dass sie Schluss gemacht hatten.

Ja, ich auch, sagte Hinge, deren Blässe finsterer wurde. Ich hab das auch gedacht. Sehen Sie, was das aus mir gemacht hat. Er hat nie echte Gefühle für mich gehabt. Mir hat diese Sache gar nichts gebracht, glauben Sie mir. Ich war von vornherein die Verliererin. Wenn ich an diese ganzen vergeudeten Jahre denke. Nicht eine Sekunde war es aus zwischen ihnen, nicht eine Sekunde. Und ich saß da wie eine Idiotin, hab die Jahre an mir vorbeiziehen sehen, gewartet, bis meine Stunde kommt, aber nichts ist passiert. Da bin ich krank geworden, verstehen Sie. Ich habe mich geschlagen gegeben. Dass sie Schluss machen wollten, war wirklich ein Witz. Diese Briefe bezeugen es, für den Fall, dass Sie Zweifel haben. Sie waren getrennt, aber sie haben sich nie verlassen. Nie. Man kann das bewundern, mich hat es umgebracht, mich, die ich mit Ihnen spreche.

Sie brauchte es nicht zu sagen. Nichts an ihr leuchtete mehr. Joan hatte sich im Park mit ihr verabredet, auf einer Bank in Höhe des Four Seasons, die Sonne strahlte, aber das Licht schien durch sie hindurch wie durch einen Geist, ohne einen Schatten hinter ihrem Rücken zu werfen.

Hinge schwieg eine Minute, blinzelte, verzog das Gesicht, neigte sich vor, schneuzte sich. Joan fragte sie, ob ihr kalt sei, aber Hinge schüttelte den Kopf.

Machen Sie sich keine Gedanken, das geht vorbei. Ich bin noch keine vierzig und in diesem Zustand, stellen Sie sich das vor. Aber es war schon schlimmer. Ich habe sie verflucht, das stimmt. Aber manchmal haben sie mich so gequält, dass das hier, jetzt, gar nichts ist, es ist aushaltbar. Ich bereue es nicht, zu Ihnen gekommen zu sein. Wir sind uns ein-, zweimal über den Weg gelaufen, aber das ist lange her, Sie erinnern sich nicht, natürlich nicht, Sie können sich nicht erinnern, ich war damals eine andere. Ich habe Sie mit Zöpfen in Erinnerung.

Ich hatte eine Spange, um meine Zähne zu begradigen.

Ich war dabei, als Ihre Mutter in die Arme ihres Mannes zurückgekehrt ist. Ich war hinter einem Baum versteckt. Mir kamen fast die Freudentränen. Ich habe mir die Hände gerieben. Howard saß zu Hause wie ein Häufchen Elend, genau so, wie ich es gehofft hatte. Ein Mal hat gereicht, ich lüge nicht, diese erste Nacht, die wir zusammen verbracht haben, hat gereicht, um zu begreifen, dass ich erledigt war. Dass er es war, den ich gesucht habe. Dann habe ich an Suzan gedacht, ich konnte mich in sie hineinversetzen, ich dachte, dass es ihr sicher schlechtging, während ich Howard an mich presste wie eine Verrückte.

Hinge, verzeihen Sie, aber die Alarmglocken müssen doch überall um Sie herum geläutet haben. Die Stimmung muss aufgeheizt gewesen sein. Ich meine, Sie wussten, worauf Sie sich einließen.

Nein, das weiß man nie, das will man nicht wissen. Gordon und er, das waren für mich Götter, als ich zwanzig war. Manchmal schwebte ich tage- und nächtelang über dem Boden. Ich nahm damals nichts, aber ich war trotzdem von morgens bis abends high. Was hätte ich tun können, Ihrer Meinung nach. Glauben Sie, ich hätte widerstehen können.

Joan warf einen kurzen Blick auf ihre Uhr.

Ich gehe Ihnen mit meinen Geschichten auf die Nerven, fuhr Hinge fort, und als Joan den Kopf schüttelte, sagte sie, es ist komisch, ich kenne noch so einige hier, aber ich habe keine Lust, sie zu treffen. Keiner hat es fertiggebracht, mir Bescheid zu sagen. Ich habe von Howards Tod erst viele Tage später erfahren, von einem flüchtigen Bekannten, im Supermarkt. Auf dem Weg zur Kasse dachte ich, ich kippe um, da bin ich weiß geworden und mit einem Schlag zehn Jahre älter. Noch heute fühle ich die Nachwehen des Schocks. Ich wäre fast in Ohnmacht gefallen. Ich erinnere mich, dass ich zu ihm gesagt habe, fahr nicht hin, ich habe ein schlechtes Gefühl, ernsthaft, aber er meinte nur, geh mir aus dem Weg, zum Teufel, und dann musste ich die Tür loslassen, sonst hätte es mir die Hand weggerissen. Und ich sage Ihnen etwas, Joan, nach diesem Morgen habe ich ihn nie wiedergesehen.

Verflucht noch mal. Sie Arme, sagte Joan und berührte ihre Hand, die sich trocken und kalt anfühlte.

Ich bin Suzan böse, sprach Hinge weiter. Wenn er hierher zurückgekommen ist, dann wegen ihr, was er gesucht hat, keine Ahnung. Dabei war mein Vorgefühl damals so stark, dass es mir die Luft abgeschnürt hat, dass ich vor lauter Tränen nur stammeln konnte, aber er ist weggefahren, ohne mich anzusehen, nicht mal ein Gruß, und hier, hier ist der Film für mich zu Ende. Er dreht mir den Rücken zu, das ist mein letztes Bild von ihm.

Sie sollten an etwas anderes denken. Versuchen Sie, etwas Fröhlicheres zu finden, ich weiß nicht, meditieren Sie.

Joan, wenn Sie den Mut haben, lesen Sie Suzans

letzten Brief. Sie schreibt Howard, dass Gordon sein großer Coup gelungen ist. Ich weiß nicht, wovon sie spricht, das ist auch egal. Nur eben, dass er, nachdem er von ihrem Tod erfahren hat, in sein Auto springt und herrast. Sagen wir, wie es ist, ohne diesen Brief wäre er noch am Leben.

Zwar war Joan etwas beunruhigt, antwortete aber, dass die Schlussfolgerung ihr doch ein wenig kurzgegriffen scheine, ein wenig gewagt, zumal sie absolut nicht sehe, worauf ihre Mutter anspiele, wenn sie behauptete, dass Gordon sein Coup gelungen sei.

Ich würde es Ihnen sagen, wenn ich es wüsste, seufzte Hinge. Howard hat mich in nichts mehr eingeweiht. Aber wenn es einen Nachteil davon gibt, sexuell erfüllt zu sein, dann, dass man keine Lust hat, den Rest zu hinterfragen. Man will ja nicht alles fallen lassen und einem Trugbild nachjagen, man will nicht riskieren, alles zu verlieren, nur um seine Neugier zu befriedigen. Vor allem nicht mit vierzig. Mit der Zeit wird man scharfsinniger. Man schaltet auf Klugheitsmodus um.

Bei der Erwähnung der einen ganz bestimmten Kompetenz von Howard durchfuhr Joan ein heimlicher Schauer, den sie unterdrückte, indem sie die Beine übereinanderschlug.

Weiß man mehr über seinen Unfall, wagte sie

zu fragen, während Hinge aus ihrer Tasche eine E-Zigarette zog, so groß wie ein elektrischer Kartoffelstampfer.

Sie schüttelte den Kopf. Nein, antwortete sie. John ist sehr vage geblieben. Eine Kontrolle, die aus dem Ruder gelaufen ist. Die Details sind den Familienmitgliedern vorbehalten. Zu denen ich nicht gehöre, natürlich nicht. Aber John, hab ich gesagt, du kennst mich doch, aber der Idiot ist hart geblieben. Dann habe ich aufgelegt.

Gut, Hinge, ich habe eine Idee, meinte Joan plötzlich, kommen Sie mit, ich möchte ein Kleid für Sie aussuchen.

Hinge schreckte beinahe zurück, als Joan, die mit einem Satz aufgesprungen war, sie am Arm packen wollte, um sie von der Bank loszueisen.

Ach, hören Sie, nein, ich brauche kein Kleid, widersprach Hinge und versteifte sich.

Bestimmt doch, sagte Joan lächelnd. Tun Sie mir den Gefallen. Als Dank für Ihren Besuch. Von nun an werden Sie mindestens eine Freundin in dieser Stadt haben.

Na gut, wenn Sie meinen.

Sie blieben eine ganze Weile zusammen im Laden und probierten alle möglichen Kleider an. Hinge entspannte sich recht schnell und gab sich dem Spiel begeistert hin. Joan war glücklich, ihr eine Freude zu machen. Es war ihr Ruhetag, also wurden sie nicht gestört. Hinge machte ihren Striptease in einer Kabine, ohne Vorhang. Joan musste sich ihr nähern, wenn sie ihr ein neues Teil zum Anprobieren reichte. Ihre Magerkeit war nicht uninteressant, und sie trug Unterwäsche von guter Qualität.

Joan hörte kaum, was sie sagte, sie versuchte, den Blick zu senken, woanders hinzusehen, aber das war nicht leicht. Kurz fragte sie sich, wie sie sich so gut fühlen konnte, bei dem, was sie gerade durchmachte. Und warum musste sie diese Frau immerzu so ansehen. Es war ein seltsamer Tag, Joan lernte viel. Einmal zog Hinge einen Rollkragenpullover an und setzte sich auf den Hocker, nur im Höschen und in derart obszöner Haltung, dass Joan mit pochendem Herzen einen Schritt zurück machen musste.

Das war das Letzte, was sie jetzt wagen sollte, sagte sie sich. Die allerletzte Dummheit, die sie überhaupt machen konnte.

Hinge hatte nichts gemerkt. Der Rollkragenpullover gefiel ihr gut. Zuvor hatte sie einen Rock ausgezogen, der ihr auch gut gefiel und abwartend zu ihren Füßen lag.

Ziehen Sie den Rock noch einmal an, sagte Joan. Den schenke ich Ihnen auch.

Sie streckte den Arm aus und zog den Vorhang zu.

Wissen Sie, was wir tun werden, rief Hinge von der anderen Seite, ich werde eins von beiden bezahlen.

Joan fühlte sich selten von einer Frau körperlich angezogen. Zwei- oder dreimal hatte sie eingewilligt, es zu dritt zu machen, weil es sehr gut bezahlt wurde und sie das Mädchen kannte, aber es hatte sie nicht überzeugt, die Zeit war ihr lang vorgekommen.

Das brennende Verlangen, das sie Hinge gegenüber verspürt hatte, verwirrte sie. Zwei, drei Tage hatten nicht genügt, um sich davon freizumachen – in der ersten Nacht tat sie sich mit dem Einschlafen schwer und wälzte sich verkrampft in ihrem Bett herum.

Aber sie hatte Wichtigeres zu tun, sie hatte keine Zeit für solche Geschichten, schließlich kümmerte sie sich nicht nur um einen, sondern um zwei Läden, seit Dora krankgeschrieben war. Sich beinahe in Vollzeit um die Boutique zu kümmern war kein Zuckerschlecken, und die Termine der Mädchen zu koordinieren, sie zu bemuttern und darauf zu achten, dass alles gut lief, erschöpfte sie. Es blieb wenig Zeit für sie selbst. Jetzt war oft sie diejenige, die abends vor dem Feuer einschlief, das

Marlon gewissenhaft vorbereitete, während er auf sie wartete.

Es wurde stetig kälter, und jederzeit wurden die ersten Schneefälle erwartet. Bei Sonnenaufgang aufstehen, sich einmummeln und durch den mit Rauhreif überzogenen Garten gehen, das konnte einen schon verzaubern, nur würde dieses Gefühl im Laufe der Tage verblassen und absterben wie alles Schöne, das zu oft kopiert wird.

Mit ihren Freundschaften – wenn Joan in diesen letzten fünfzehn Jahren überhaupt echte geschlossen hatte – verhielt es sich ähnlich, am Ende hatten sie sich aufgelöst, bis auf wenige disparate Klumpen, Brocken, die an der Oberfläche schwammen und mit denen sie nichts anzufangen wusste. Einer dieser Klumpen hieß Josef, sie traf ihn eines schönen Morgens, ganz und gar zufällig, und er drückte sie an sich. Es stimmte zwar, dass sie gute Freunde waren, aber in seiner Umarmung fühlte sie sich wie ein Stück Holz, und dann schimpfte er mit ihr, weil sie schon seit Monaten nichts von sich habe hören lassen, aber gut, er sei froh, sie wiederzusehen, und so weiter und so fort, und sie wusste nicht recht, was sie antworten sollte.

Sie tranken etwas. Sie konnte gar nicht sagen, wie oft er wiederholte, dass er froh sei. Sie suchte das Weite, so schnell sie konnte.

Es gab Josef und auch noch andere, auch gute Freundinnen, aber diese Welt war zu Bruch gegangen, von einem Tag auf den anderen, in dem Moment, als Gordon und Suzan gegen den Baum fuhren.

Unangenehme Wiedersehen, gezwungene Lächeln, betretenes Schweigen, niemand schien etwas davon zu haben. Vielleicht würde sie sich zu Weihnachten einen Ruck geben, sagte sie sich, um zu sehen, ob der Funke noch einmal überspringen könnte, aber beschlossen hatte sie nichts. Sie schreckte vor dem Moment zurück, wenn sie zum Telefon greifen müsste, um die Einladungen auszusprechen.

Marlon war einverstanden, sie zu treffen. So viel war sicher. Aber der Abend könnte leicht kippen, wie ein schlechter Scherz werden, eine verlegene Parodie unerschütterlicher Bande, ein totaler Flop – eine erschreckende Eventualität, die vernünftigerweise nicht auszuschließen war. Allein das in Betracht zu ziehen versetzte sie schon in eine mehr als trostlose Laune. Es gab eine große Wahrscheinlichkeit, dass es ein wahres Fiasko würde, bei dem man alles verlor, das wenige, was einem geblieben war und das alles war, was man hatte.

Joan nutzte das Wochenende, um ihre Bougainvillea, ihren Himmelsbambus, die Rosen und anderes vor der Kälte zu schützen, denn für die kommenden Tage war ein starker Temperatursturz angekündigt. Brett war mit seiner Astschere angerückt, um zwei oder drei tote Zweige zu kappen, und auch Marlon verlor keine Zeit mit Herumträumen und ging von einer Pflanze zur nächsten, hockte sich vor sie und verabredete sich mit ihnen für nach dem langen, eisigen Schlaf, der die Armen erwartete. Er hatte daran gedacht, die Asche aus dem Kamin zu kehren und tote Blätter zusammenzuharken, das alles hatte er in mehrere Säcke gefüllt, um es jetzt mit größter Sorgfalt um jede einzelne Pflanze herum zu verteilen. Joan und Brett sahen ihm lächelnd dabei zu.

Was glaubst du, was erzählt er ihnen, fragte Brett.

Dass der Winter gar nicht lang dauern wird, dass er schnell vorbei sein wird, dass sie sich im Frühling wiedersehen. So würde ich das jedenfalls übersetzen. Die einen haben mehr Glück als die anderen. Er singt ihnen etwas vor. Man muss genau hinhören.

Weißt du, ich glaube, ich werde taub. Das muss das Alter sein. Neulich war ich bei einer Sitzung und hab nicht mal die Hälfte verstanden von dem, was gesagt wurde. Ich fand es richtig erholsam.

Das Wetter war schön, aber die Luft so eisig, dass man von Zeit zu Zeit eine Träne wegwischen musste. Während sie redeten, verabschiedete Marlon sich weiter von den Pflanzen und wünschte ihnen alles Gute, dabei kam weißer Dampf aus seinem Mund, löste sich in Windungen auf, und er schaukelte hin und her. Dann machte er ein kleines Handzeichen und neigte sich der nächsten Pflanze zu.

Ich mag ihn sehr, sagte Joan lachend. So ist er die ganze Zeit.

Ihr wart dafür gemacht, euch zu finden, alle beide, meinte Brett. Ihr wart das Beste, was euch gegenseitig passieren konnte. Wir haben dir das schon immer gesagt, scheint mir.

Ja, wir verstehen uns gut. Tagsüber telefonieren wir. Abends sitzen wir in Ruhe zusammen am Feuer, grillen Marshmallows zur Entspannung, dazu ein Bier und Musik. Wir sehen einen Film. Wir spielen etwas. Wir essen. Niemand stört uns. Außer Ann-Margaret kreuzt auf, natürlich. Dann ist es was anderes.

Ich weiß, was du meinst, seufzte Brett. Diese Frau ist die Pest. Ich werd es dir erzählen, eines Tages. Dann wirst du verstehen, warum ich bis heute nicht gerne mit ihr rede.

Ich hab zu ihr gesagt, weißt du, Ann-Margaret, unser Problem ist, dass wir nicht kurzfristig planen können. Das ist nicht weiter schlimm, aber doch ärgerlich. Ich schlage vor, dass wir einen Tag vereinbaren. Du könntest montags kommen, zum Beispiel, oder an einem anderen Tag in der Woche, wie es dir passt. So würden wir uns nicht auf die Füße treten. Ich sage ihr das freundlich. Wir sehen uns an, ich warte auf ihre Antwort. Und warum nicht ein Mal im Monat kurz zwischendurch, meinte sie in ihrer großmäuligen Art, da war ich dann platt.

Bretts Nase begann zu laufen. Sie gingen zurück ins Haus. Marlon hatte ihnen bedeutet, dass er später nachkomme, er war noch nicht fertig. Brett setzte sich kurz an den Kamin, dann zog er in den nächsten Sessel um. Joan kochte Kaffee.

Ich bin so froh, dass sie nach Hause kann, sagte er. Sie konnte nicht mehr, weißt du. Ich fand sie mit jedem Besuch blasser. Das bringt sie nicht von heute auf morgen auf die Beine, aber wenigstens ist sie zu Hause. Das wird ihr guttun, dass wir näher bei ihr sind.

Ich gebe ihr gerne Arbeit für zu Hause, wenn sie sich nützlich fühlen will. Ich mache Witze, aber für mich wäre es wirklich eine Erleichterung, wenn ich mich nicht mehr um die Mädchen kümmern müsste. Es fällt mir schon schwer genug, mich um mich selbst zu kümmern. Brett, ich bin zu verplant, um mich um all das zu kümmern. Und der Laden kostet mich wahnsinnig viel Zeit. Vom Rest rede ich gar nicht. Ich habe kaum Zeit, mich umzuziehen, meine Haare zu machen, etwas Lippenstift aufzutragen. Kannst du dir vorstellen, was ich unter diesen Bedingungen für eine Laune habe und dass ich dann nicht auch noch den Kopf für so was habe.

Nun, das sollte sich machen lassen, fand Brett, während er seine Tasse Kaffee entgegennahm. Dora ist unfähig, dir irgendwas abzuschlagen.

Und wenn sie nur die Termine koordiniert, Buch führt oder E-Mails liest. Das wäre schon eine ganze Menge, es würde mich wirklich entlasten. Und ich zittere, wenn ich daran denke, dass Marlon dahinterkommt, was ich mache. Ich möchte nicht noch mehr Risiken eingehen. Ich will keine Anrufe mehr um ein Uhr nachts bekommen, oder dass er mich ertappt, wenn ich mit einem Mann Nachrichten austausche, der besondere Wünsche hat, oder dass ich aus dem Haus stürzen und Marlon irgendwelche Märchen erzählen muss, nein, ich will das nicht mehr, ich muss damit aufhören, bevor es zu spät ist, sonst wird er merken, dass ich ihm etwas verheimliche. Ich spüre, dass er manchmal verunsichert ist.

An deiner Stelle würde ich mir eher um Ann-Margaret Gedanken machen. Die ist fähig und steckt ihm alles, wenn sie Ärger mit dir hat.

Man brauchte eine gute Seele, die ihr sagt, dass

das keine gute Idee wäre. In ihrem eigenen Interesse, versteht sich.

Eine Frage gibt es da, die du dir stellen musst, Joan. Sie muss dir schon einmal in den Sinn gekommen sein, aber ich habe so meine Zweifel, dass du sie beantworten kannst. Ich meine, wenn er sich zwischen ihr und dir entscheiden müsste. Dora kennt sie besser als du und ich zusammen, und sie denkt, dass es unklug wäre, sie einfach auszuschließen.

Joan zuckte die Schultern. Ich glaube, ihr seid beide übergeschnappt. Er wird nie zwischen ihr und mir wählen müssen. Ich konkurriere nicht mit ihr. Was für ein Unsinn. Ich warte ab und sehe, was passiert, ich bleibe aufmerksam. Das ist eine Sache zwischen meinem Bruder und mir. Sie hat da keinen Platz, egal, was sie denkt. Es ist, wie es ist.

Brett lehnte sich aus dem Sessel, um durchs Fenster zu schauen. Sex, sagte er, kann Jungen in seinem Alter rasend machen. Das solltest du im Hinterkopf haben.

Wenn es nur darum geht, ich kann ihm ein halbes Dutzend Mädchen besorgen, um ihn zu befriedigen. Weniger runzlige.

Jetzt übertreibst du. Sie war eine Schönheit. Wenn du mir erlaubst, das zu sagen. Die Kerle haben sich geprügelt, um mit ihr aufs Zimmer zu gehen. Und Charme hat sie noch immer, hübsche Kurven auch, das ist wichtig.

Nach Ann-Margaret kommt eine andere und dann wieder eine andere, sagte sie. Ich habe keine Lust, mich mit all seinen kleinen zukünftigen Freundinnen zu streiten, nein, ernsthaft. Überleg mal. Sie ist nur ein Stein auf dem Weg und hält sich für einen Felsen.

Nachdem Brett gegangen war, um Doras Wohnung durchzulüften und staubzusaugen, bevor sie heimkam, ging Joan zurück zu Marlon in den Garten und machte sich wieder an die Arbeit.

Ihre Unterhaltung mit Brett hatte sie nachdenklich gestimmt. Sie wickelte ein paar Rosen ein, sah dabei aber woandershin, zum Fluss, der durch die Bäume schimmerte, zu den Möwen, die am weißen spätherbstlichen Himmel ihre Kreise zogen. Sie hatte keine Angst. Ann-Margaret machte ihr keinen einzigen Moment Angst. Da hatte sie in den fünfzehn Jahren schon anderes erlebt, sie hatte gelernt, sich durchzusetzen. Hatte Bücher gelesen, abends Kodak Black gehört. Über Prüfungen wunderte sie sich nicht mehr. Man musste sie annehmen, nicht den Kopf einziehen, nicht zurückweichen. Das war eine der wenigen Sachen, die sie von Suzan und Gordon gelernt hatte. Da waren sie kompromisslos gewesen. Ihr Vater hatte sie von

173

ihrer Wasserangst geheilt, indem er sie ins Becken warf.

Später, als sie ihre Finger nicht mehr spürte und die Sonne unterging, ging sie hinein. Marlon lief geradewegs zum Kamin, um Holz nachzulegen. Wir waren fleißig, sagte er. Sehr gut.

Brett hat uns aufgehalten, sagte sie und zog am Eingang ihre Schuhe aus. Wir hätten früher fertig sein sollen.

Nicht schlimm. Brett ist ein guter Freund.

Sie wandte sich ihm zu, um ihn zu fragen, ob er die Erzählungen von Eudora Welty, die Brett ihm vorlas, noch immer mochte, als Scheinwerfer über die Fassade glitten, auf den Weg einbogen und hinter dem Haus stehen blieben.

Sofort löste sich ihr Lächeln auf, und sie stützte sich mit geschlossenen Augen auf die Spüle.

Da ist Ann-Margaret, da ist sie, kündigte Marlon an.

Ja, lang ist es her, seufzte sie.

Drei Tage. Ich habe gezählt.

Was ist das für dich. Lang oder kurz, sag's mir.

Als sie sah, wie er sich den Kopf zerbrach, machte sie ein Zeichen, er solle damit aufhören. Also gut, dann habt einen schönen Abend, sagte sie. Ich werde mich ans Feuer setzen. Ich gucke mir die nächste Folge von *Game of Thrones* an.

Du meinst *Vikings*. Nicht *Game of Thrones*.

Genau, aber egal. Jedenfalls die nächste Folge.

Nein, nein. Du musst warten. Ich bin nicht da.

Das habe ich verstanden. Aber manchmal muss man sich entscheiden, und das ist nicht immer lustig.

Man konnte Ann-Margaret schon oben gehen und huhu rufen hören.

Dabei hatte ich sie doch gebeten, keine Absätze zu tragen, wenn sie herkommt, sagte Joan. Ich kauf ihr ein Paar Hausschuhe.

Du wartest auf mich. Du guckst nicht allein, maulte Marlon.

Deine Entscheidung. Das ist eine gute Übung für dich.

In diesem Augenblick kam Ann-Margaret einige Stufen herunter.

Joan, hallo, sagte sie, geht schon, mach dir keine Umstände, ich bin erschöpft. Stellt euch vor, ich hatte einen Platten mitten im Nirgendwo, übrigens nicht weit von der Stelle, wo du deinen Unfall mit Howard hattest. Diese Ecke da ist verflucht. Jedenfalls wird es gerade dunkel, ich kann bald fast nichts mehr sehen und drehe gerade ganz verschwitzt meine letzte Mutter fest, da rast ein riesiger Lkw an mir vorbei, schleudert einen Stein hoch, und pling, war meine Frontscheibe kaputt. Wartet, das war noch nicht alles. Ich setz mich wieder ans Steuer und fahre zur ersten Werkstatt am Weg, halbtot vor Kälte, das Gesicht eisig und hart wie Stein, da gehe ich bei denen im Büro hin und her, um mich aufzuwärmen, während die sich um mein Auto kümmern, als ich den Lkw ankommen sehe. Ich gehe raus und dem Fahrer entgegen, der gerade aus dem Führerhaus steigt und die Kopfhörer abnimmt, und bevor ich nur ein Wort sagen kann, guckt er mich voller Hass an, schubst mich brutal zur Seite und sagt, blöde Sau. Ist das zu glauben. Mir tut jetzt noch die Schulter weh. Man muss sich schon glücklich schätzen, wenn man nicht eine Kugel in den Kopf kriegt heutzutage, das ist alles, was man sich sagen kann. Gut, Marlon, ich geh wieder hoch. Joan, ich komm nicht runter, sonst hab ich nachher keine Kraft mehr raufzugehen.

Joan nickte und entließ sie mit einer Geste. Sobald Ann-Margaret weg war, drehte sie sich zu Marlon und versuchte, Blickkontakt aufzunehmen. Als es ihr endlich gelang, kam Bewegung in ihre Gefühle.

Was ich tue, ist fies, sagte sie schließlich. Entschuldige. Wirklich fies von mir. Geh zu ihr. Ich warte auf dich mit der nächsten Folge. Das hätte ich nicht tun sollen. Verzeih mir. Vergiss es.

Er stand reglos da, mit hängenden Armen, unentschlossen, und da er sie misstrauisch musterte, insistierte sie.

Geh schon, lass sie nicht warten, erklärte sie. Wir beide sehen uns die Folge ein andermal an.

Ja, gut, einverstanden. Das ist gut so.

Sie nickte.

Dennoch, ihre Offenheit, ihre Klarsicht, ihr Gerechtigkeitssinn, ihre Fähigkeit zur Introspektion hatten Grenzen. Außerhalb dieser Grenzen gab es nichts mehr. Sie war nicht stolz auf das, was sie Marlon hatte aufzwingen wollen – sie bereute diesen dummen kleinen Anfall von Eifersucht, der unter ihrer Würde war –, aber für Ann-Margaret hatte sie kein Verständnis, ihr erteilte sie keine Absolution, Ann-Margaret geisterte in der Schattenzone hinter eben jener Grenze umher.

Anfang Dezember setzte der Schneefall ein, mit Verspätung, dafür aber in rauhen Mengen, so dass sich der Schneewalzer der Räumfahrzeuge in der Stadt drei Tage und drei Nächte ununterbrochen fortsetzte. Dann fielen die Temperaturen noch tiefer, und der Himmel wurde wieder blau.

Marlon stellte sich auf den Schlittschuhen ganz ordentlich an, im Gegensatz zu Ann-Margaret. Dora war wieder aus der Versenkung aufgetaucht und mit ihr das perfekte Licht, das im Allgemeinen auf einen Schneesturm folgte und das Massachusetts schillern ließ wie eine Handvoll Diamanten. Sie war noch schwach, aber ihre Wangen waren rosig, sie krallte sich an Joans Arm, und sie überquerten lachend zusammen den Frog Pond.

Im Laden hatte Joan wieder die Oberhand gewonnen. Ein Nachmittag hatte genügt, und Dora begriff, dass Ann-Margaret nicht auf der Höhe war, sie hatte Joan beiseitegenommen und ihr ins Ohr geflüstert, dass das so nicht weitergehen könne.

Ich hab erzählt, dass es nicht schlecht läuft, hatte Joan leise geantwortet, weil ich ihr nicht in den Rücken fallen wollte. Sie ist deine Freundin.

Ja, Joan, aber sie wird uns ruinieren, sie verscheucht uns die Kundinnen. Ich hab zwei gesehen, die gleich wieder gegangen sind.

Ja, ich weiß. Aber wenn du wieder da bist, brauchen wir sie nicht mehr. Und dann musst du sie auch nicht rausschmeißen. Du steigst langsam ein, und dann werden wir uns schon einigen. Aber das musst du entscheiden. Sie ist deine Freundin. Ich lass dich drüber nachdenken.

Sie sahen zu Ann-Margaret hinüber, die gerade versuchte, sich wieder aufzurichten und auf die Kufen zu kommen, indem sie sich ungeschickt an der Bande festhielt.

Ich rede mit ihr, sagte Dora. Bin bald zurück.

Joan drückte ihren Arm. Weißt du, ich sollte es nicht tun, aber ich freue mich.

Ja, sie wird sauer sein, das ist mir schon klar.

Lass mich aus dem Spiel, wenn möglich. Ich möchte mich nicht mit ihr überwerfen wegen Marlon.

Sie drehten ohne Schwierigkeiten eine Runde auf dem Eis und stellten sich dann in die Sonne.

Wie ist das denn mit Marlon, fragte Dora. Ist das denn so ernst, sag mal.

Jedenfalls hält es.

Wirklich, wenn ich das gewusst hätte.

Du kannst nichts dafür. Ich war es ja, die sie auf Knien angefleht hat, seine Babysitterin zu werden. Ich habe ihr gesagt, dass sie mir das Leben rettet, von daher.

Weißt du, eines Tages hat sie einfach aufgehört. Zwei oder drei Jahre bevor du angefangen hast. Sie kam zu mir und sagte, sie sei frigide geworden, und hat unsere Runde von einem Tag auf den nächsten verlassen. Auf dem Höhepunkt ihrer Karriere, sozusagen. Ich habe nie verstanden, was dahintersteckte, aber frigide, daran habe ich nie geglaubt.

Kann ich bestätigen. Sie machen es direkt über mir.

Versteht sich. Sie hatte den Ruf, dauererregt zu

sein. Und man wird nicht mir nichts, dir nichts zur Nonne.

Um sie herum vibrierte die Luft vom Kratzen der Kufen auf dem Eis. Sie beobachteten Marlon, der angefahren kam, um Ann-Margaret auf die Füße zu helfen. Sie standen zu weit weg, um sie zu hören, aber Ann-Margaret schien sich zu ärgern und hielt sich den Ellenbogen. Sie war sichtlich genervt, als Marlon sie am Arm festhalten wollte.

Brett hat mich gewarnt, sagte Joan, ohne den Blick von der Szene abzuwenden. Dass der Sex Marlon den Kopf verdrehen könnte.

Da wäre er nicht der Erste. Ich habe vor kurzem gehört, dass JFK und Sam Giancana, der Boss der Chicagoer Mafia, sich die Geliebte geteilt haben. So viel dazu, wie plemplem Sex einen machen kann.

Ich habe mich erkundigt über Sex und Autismus. Die Wahrheit ist, dass du und ich darüber genauso wenig wissen wie alle anderen. Es gibt nur Vermutungen, das ist alles *terra incognita*. Ich gebe zu, dass ich manchmal etwas ratlos bin. Ich möchte nicht eines Morgens aufwachen und denken, dass ich nicht getan habe, was nötig gewesen wäre. Es ist meine Aufgabe, mich um ihn zu kümmern, verstehst du.

Ein beinahe mütterliches Lächeln erhellte Doras Gesicht. Jetzt bin ich ja da, meine Süße, sagte sie. Hör auf, dich verrückt zu machen.

Später, sie tranken gerade einen heißen Tee bei Joan, erklärte sie Dora, was viel zu oft passierte, nämlich dass Marlon und Ann-Margaret zu sich nach oben gingen, verstehst du, wie toll das für mich ist, sobald sie kommt, geht er nach oben, und ich sehe sie nicht mehr bis zum nächsten Morgen und muss zu allem amen sagen. Dann sprang sie auf, weil jemand heftig an ihre Tür klopfte.

Es war John, leichenblass und in Zivil, es war Sonntag. Er blieb zwischen Tür und Angel stehen. Gott sei Dank, du bist da, stieß er aus. Vickie. Der Horror. Dora. Verdammt. Sie sind auch da. Joan, es ist der Horror. Vickie. Was für eine Scheiße.

Joan stürmte hinaus. Sie fand Vickie auf der Rückbank, eingewickelt in eine Decke voller Blut. Sie war bei Bewusstsein. Joan neigte sich über sie und streichelte ihr Gesicht, während hinter ihr der fluchende John angelaufen kam.

Ich kann sie nicht ins Krankenhaus bringen, nicht ich, das ist unmöglich, gütiger Gott, das verstehst du doch wohl, in welche Scheiße hab ich mich geritten. Joan, ich revanchiere mich dafür bei dir. Mach was. Die reinste Hölle, hilf mir.

Sie zögerte kurz, ehe sie sich wieder aus dem

Wagen hinausschob. Trotz der Kälte war John schweißgebadet.

Und was sag ich denen in der Notaufnahme, fragte sie.

Erzähl ihnen, was du willst. Ich decke dich. Ich verwische deine Spuren.

Sie sah ihm in die Augen und sagte, einverstanden. Dann fügte sie hinzu, du hast gewagt, das zu tun, du hast gewagt, das zu tun, obwohl du das Risiko kanntest, wow, gut gemacht, sehr schlau von dir.

Marlon und Ann-Margaret tauchten auf ihrem Balkon auf, während sie Vickie in Joans Auto trugen. Die Laternen erwachten langsam in ihren durchscheinenden Kokons. Im weißen Morgenmantel, den Arm in einer Schlaufe, fragte Ann-Margaret, was los sei. Dora hob den Kopf und antwortete, dass Vickie ein Problem habe.

Wer sonst könnte wohl ein Problem haben, meinte Ann-Margaret, bevor sie mit finsterer Miene wieder hineinging. Diese Art, dämmerte es Dora, diese Art und Weise, wie Ann-Margaret im Laden auftritt, wie sie die Kundinnen begrüßt, mit dem Charme einer Gefängnisaufseherin.

Als Joan vor der Notaufnahme hielt, war die Nacht hereingebrochen. Es war klirrend kalt. Die Sanitäter trugen Jacken über ihrer Arbeitskleidung.

Bei der Anmeldung erklärte sie, eine Freundin von Vickie zu sein und sie so zu Hause gefunden zu haben. Sie habe sie sofort hergebracht. Und übrigens habe sie in der Eile ihre Tasche vergessen, sie habe also keine Papiere dabei, sie gab einen falschen Namen an, stammelte herum, spielte die Dumme und machte sich ohne einen weiteren Kommentar aus dem Staub.

Ich habe eben mit dem Krankenhaus gesprochen, sagte Dora, als Joan sich ihr gegenüber in einen Sessel fallen ließ. Vickie hat viel Blut verloren, aber es geht. Sie haben mich gefragt, was das für Nähte sind, da habe ich aufgelegt. Ansonsten soll ich dir von John aus tiefstem Herzen danke sagen.

Das letzte Mal, dass ich eine Frau ins Krankenhaus gebracht habe, war es seine eigene, seufzte Joan. Er verfolgt mich, glaube ich.

Sie sah Dora an, die mit einer Zange das Feuer in Ordnung brachte. Sie war sehr froh, dass sie da war, dass sie zurückkommen wollte und auf ihrer Seite stand, dass sie sich gut verstanden. Wenn man nicht sicher ist, einen Kampf allein kämpfen zu können, ist es nützlich, sich über seine Verbündeten im Klaren zu sein. Dora bei sich zu haben – nach einer Phase des Schwankens, in der die alte Freundschaft der beiden anderen Schatten auf sie geworfen hatte –, sie ihr gegenüber so wohlwollend zu erleben, war nicht nichts. Ihr Einfluss konnte entscheidend sein, falls sich die Dinge mit Ann-Margaret zuspitzen sollten. Ihre Treue, ihre Fürsorglichkeit, die viele Arbeit, die sie ohne Murren auf sich genommen und gut bewältigt hatte, schienen sich letztendlich auszuzahlen.

Ach, übrigens habe ich sie vorgewarnt, sagte Dora, ohne sich umzudrehen. Die Sache ist geklärt, ich bin morgen da.

Und sie hat nichts gesagt.

Nein, kein Wort. Sie ist direkt wieder hochgegangen. Ich glaube, sie schmollt. Ich denke, wir sehen sie erst in zwei oder drei Tagen wieder.

John rief an, während sie beim Italiener saßen. Er zitterte vor Kälte, weil er vor die Tür gegangen war, und fror sich einen ab, wie er sagte, obwohl er auf heißen Kohlen sitze.

Du musst das verstehen, Joan, ich war das nicht alleine. Wir konnten nicht mehr abwarten. Wir haben uns zusammengerissen, so gut es ging, Vickie und ich. Sie wird es dir erzählen. Aber verdammte Scheiße, Joan, bald sind Wahlen. Ich kann mir nicht leisten, in so eine Geschichte hineingezogen zu werden.

Du könntest wenigstens fragen, wie es ihr geht, ein bisschen Mitgefühl zeigen.

Ich weiß, wie es ihr geht. Ich bin bei ihr vorbeigefahren. Sie hat geschlafen. Ich habe denen gesagt, dass wir nicht nach ihr suchen. Jedenfalls rufe ich an, um mich bei dir zu bedanken. Du hast dich nicht undankbar gezeigt. Du hast mich nicht enttäuscht. Du hast dem Bild, das ich von dir hatte, alle Ehre gemacht. Das wollte ich dir nur sagen.

Okay, John, sagte sie und sägte mechanisch mit ihrem Messer in den gepulten Garnelen herum, die auf ihrem Teller warteten, während eine Frau mit warmer Stimme und Klavierbegleitung *Que sera, sera* sang. Gib Sylvie einen Kuss von mir. Und deiner Tochter. Erkälte dich nicht. Dora lässt dich grüßen.

Weißt du, ich könnte glatt für ihn stimmen, meinte Dora, während Joan ihr Telefon wegräumte. Wir haben nicht die gleichen Vorstellungen, aber unsere Panzer sind mürbe geworden, und ich werde ihn noch sympathisch finden, wenn das so weitergeht. Er ist ja völlig durch den Wind. Neulich, als ich ihm erzählt habe, dass ich Bernie Sanders gewählt habe, hat er mir geantwortet, wörtlich, also ich war auch kurz davor. Er hatte an dem Tag seine Uniform an. Er hat es absolut ernst gemeint. Er hat wirklich beinahe für Bernie Sanders gestimmt.

Ein Mann, der für Bernie Sanders stimmt, kann nicht durch und durch schlecht sein.

Ganz meine Meinung. Es beweist eine gewisse Sensibilität. Am Anfang haben deine Eltern ihn immer abgewimmelt, wenn er kam und nach dir gefragt hat. Du hast einen Mordseindruck auf ihn gemacht. Eine Weile hat er nur davon geredet, von deiner Willenskraft, deinem Mut. Sogar wenn es Ohrfeigen gab, wenn er so geredet hat, hatte man das Gefühl, er war dabei noch glücklich.

Ja, ich verstehe mich ganz gut mit ihm, seit wir das Sexproblem gelöst haben. Vickie ist genau zur richtigen Zeit aufgetaucht. Wenn ich zum Abendessen bei ihnen bin, trinken wir im Wohnzimmer ein Glas zusammen und quatschen, während sich Sylvie oben um die Kleine kümmert, das ist nett, ein merkwürdiger und interessanter Typ. Ein komischer Bulle.

Er will vielleicht nicht mit dir vögeln, aber er mag dich. Ich kenne nicht viele, die getan hätten, was er getan hat.

Ich hab das in dem Moment nicht realisiert, ich war benommen, als er mich zurückgebracht hat. Ich hab gezittert. Er meinte, keiner wird erfahren, dass du in dem Auto warst, okay, ich kümmere mich drum. Ich hab ihn mit großen Augen angeguckt. Ich hab nicht verstanden, was das bedeuten sollte. Ich hatte immer noch Howard neben mir schwebend vor Augen, in diesem grünlichen Licht, den Schädel eingedrückt, während John mir erklärt, dass ich ruhig schlafen kann, dass keiner erfahren würde, was ich mit der Sache zu tun hatte. Er hat nicht gelogen. Weißt du, manchmal glaube ich, dass ich gerne mit Männern zusammen bin. Nicht mit allen, natürlich. Genau genommen nur mit einigen wenigen, von denen kommen dann aber gute Schwingungen rüber, manchmal. Man hat das Gefühl, dass man dem was abgewinnen könnte. In jedem Fall ist es positiv für den einen wie den anderen.

Du bist noch jung, meine Süße. Ich werde dir nicht die Illusionen der letzten Jahre verderben. Wir sprechen noch mal drüber. Egal, wie dem auch sei, ich habe mich entschieden, ich werde für ihn stimmen. Aber mit Vickie muss er halblang machen. Sie wollten nicht zwei oder drei Wochen warten, und jetzt werden es Monate sein, schätze ich. Und arbeiten kann sie in der Zeit auch nicht, na prima. Sie hat mich um einen Vorschuss gebeten, und ihre Krankenhausrechnung werde ich auch bezahlen müssen, wenn ich das richtig sehe.

Sie tranken einen letzten Martini, dann brachen sie auf. Die Straßen waren leer, die Kälte klirrend. Sie hakten sich unter und gingen eng beieinander am Riverbend Park entlang, der mit Rauhreif bedeckt war.

Joan begleitete Dora bis zur Tür ihres Hauses, dann ging sie heim. Oben brannte Licht, und Ann-Margarets Auto stand immer noch auf dem Weg.

Im Mondschein wirkten die Rosen und die anderen zur Überwinterung in weiße Schleier gehüllten Beete wie Geister, deren schwarze Skelette von innen durchschienen. Sie machte im Wohnzimmer die Lichter aus und ging direkt in ihr Zimmer, in der Hoffnung, dass Ann-Margaret nicht herunterkäme, um ein Steak zu braten oder nach Mitternacht einen ganzen Topf Popcorn zu machen.

Als sie sich ein Handtuch holte, stieß sie zufällig auf die Briefe, die ihre Mutter Howard geschickt hatte, nachdem sie ihre Beziehung beendet hatten – in Verbitterung und Schmerz, wie es schien. Da sie nicht die Absicht gehabt hatte, sie zu lesen, hatte Joan den Beutel hinten im Schrank liegen gelassen und mehr oder weniger vergessen, bis zu dem Moment, als an diesem Abend ihr Blick darauffiel und sie es sich anders überlegte.

Sie las alle, vom ersten bis zum letzten. Es war zwei Uhr morgens, ihr Nacken war steif. Die brennende Leidenschaft, die Suzan antrieb, hatte nie nachgelassen. Bemerkenswert. Wer hätte gedacht, dass Suzan ein solches Temperament besaß, dass hinter der Intellektuellen mit den eisernen Nerven das Herz einer Memme schlug, das Herz einer geilen Schlampe. Das machte sie in Joans Augen aber nicht liebenswerter. Wohingegen Gordons Kurve von ganz unten wieder anstieg. Es war sehr spät, so was konnte passieren, mit dem Abstand kam die Verzerrung. Ihr fielen die Fotos wieder ein, die ihr Vater von ihr aufgehoben hatte. Sie hatte nicht sehen wollen, was zu sehen war, damals, und das Kästchen sofort wieder zugemacht. Das ging jetzt nicht mehr. Sie fühlte, dass sie ihm nicht mehr so böse war. Nach dem, was sie eben gelesen hatte, fand sie ihn eher bedauernswert. Suzan hatte ihn in all den Jahren nach Strich und Faden betrogen. Offensichtlich hatten Howard und sie mehr als eine Gelegenheit gehabt zu vögeln, aber das hatte ihnen nicht genügt, und sie vergingen vor Ungeduld. Was das anging, sprach Suzan die Dinge ohne Umschweife aus. Wie sie ihn begehrte, zum Beispiel, was sie tat, wenn sie an ihn dachte. Sie ließ Höhepunkte Revue passieren, schrieb Liebesschwüre auf, Albernheiten, die größten Obszönitäten – alles mit einem unbestreitbaren Talent, tadellos gab sie Szenen wieder, fand die richtigen Worte, das verblüffende Detail –, Passagen, die Joan ein anerkennendes Pfeifen entlockten und sie ungläubig zurückließen. Es fiel ihr schwer, sich ihre Mutter in dieser ungewohnten Rolle vorzustellen – diese Frau, die sie zu kennen glaubte und die niemals eine Gelegenheit ungenutzt gelassen hatte, ihr eine Moralpredigt zu halten, und ihr die schlimmsten Dinge zugetraut hatte. Es war sehr schwer zu erahnen, was diese Frau alles verheimlicht hatte.

Joan sammelte die Briefe wieder ein und legte sie zurück nach hinten in den Schrank. Sie trat aus ihrem Zimmer und trank vor dem Fenster ein Glas Wasser. Der Mond ließ die Nacht glänzen. Beim Geräusch einer umfallenden Mülltonne schreckte sie hoch. Eine Bande Waschbären, die sich in der Gegend mit dem Nötigen versorgte. Man musste die Deckel abschließen, das war alles, was man tun konnte, und besser, man vergaß es nicht, sonst fand man seinen Müll im Umkreis von hundert Metern wieder. Es war ein großes Männchen mit schwarzem, glänzendem Fell, das es geschafft hatte, die Tonne umzuwerfen, aber es jetzt nicht schaffte, das Schloss zu knacken.

Sie öffnete lautstark das Fenster und stieß einen Wutschrei aus. Der Waschbär machte einen Sprung und floh. Es war kalt, rasch schloss sie das Fenster wieder. Ann-Margarets Auto stand noch immer da. Die Sache würde lästig werden, falls sie sich angewöhnte, jedes Mal die ganze Nacht im Haus zu verbringen. Im Wohnzimmer stellte sie fest, dass im Kamin noch Glut war.

Sie holte die Briefe, setzte sich in einen Sessel

und begann, sie zu verbrennen. Moss kam die Treppe herunter und reckte sich vor dem Kamin. Eigentlich mochte Joan Katzen lieber, aber Moss war eine Ausnahme. Suzan hatte auf schönem Papier geschrieben, mit schwarzer Tinte, immer mehrere Seiten, die sie durchnummeriert hatte, wahrscheinlich, damit Howard nicht den Faden verlor. Sie erzeugten dicke, gierige Flammen, kurzbeinig, aber kraftvoll, ganz anders als Zeitungspapier. Sie fühlte sich betrogen. Wütend, diese andere Frau nicht gekannt zu haben, was vielleicht alles geändert hätte. Und zugleich war sie fasziniert von dieser schrecklichen Person. Joan konnte sich den Gedanken nicht verkneifen, dass sie beide in den Armen desselben Mannes gekommen waren, anders wäre es ihr lieber gewesen, aber was kann man da schon tun, sagte sie sich und warf eine blasslila Seite ins Feuer, ob bitter oder süß, schlucken muss man die Pille doch.

Wenigstens hatte sie sie im Laden nicht mehr am Bein, und vor den Feiertagen wurde ihr klar, dass Ann-Margaret völlig unbrauchbar gewesen wäre, in einer Zeit, in der sie die Hälfte ihres Umsatzes machten. Ihr Zorn richtete sich aber weiterhin ausschließlich gegen Dora, die so was von scheinheilig sei, wie Ann-Margaret sagte, dass es sie anwidere.

Joan sprach sich dafür aus, Ruhe zwischen beiden Seiten einkehren zu lassen, was ihr den besten Platz einbrachte, um zu sehen, was passieren würde, ohne zu viel abzubekommen, sollte die Situation eskalieren – in Anbetracht von Ann-Margarets hitzigem Temperament war das nicht unmöglich, obwohl oder gerade weil sie so grässlich mager war.

Auf die Frage, warum die Männer vor den Feiertagen besonders erregt sind, gibt es viele Antworten, die aber im Grunde keinen Unterschied machen. Tatsache war, dass der Druck langsam stieg, verstärkt von Vickie, die noch aus dem Rennen war und die ihnen in den Jahren zuvor häufig aus der Klemme geholfen hatte, indem sie am Tag fünf oder sechs Kunden hintereinander bediente und noch weitere in der Nacht, wenn es hart auf hart kam.

Dieses Mal steckten sie bis zum Hals in Arbeit, sie wurden mit Champagner begossen und als Pralinen verschenkt, von Männern, die noch zu leben wussten, die ihnen mitten ins Gesicht spritzten, mit einem Blick wie ein Kind.

Diese Phasen intensiver Arbeit machten den Alltag etwas komplizierter, Marlon wunderte sich über ihre ständige Abwesenheit oder wenn sie nur auf einen Sprung nach Hause kam, um sich umzuziehen. Jeden Tag musste sie höllisch aufpassen, lächeln, lügen, so tun, als ob, die Energiereserven anzapfen.

Joan hatte geplant, das Tempo bis Neujahr durchzuhalten, danach wollte sie kürzertreten und den ganzen Monat lang kein Wort mehr von Sex hören. Maschinen auf Stopp, Erholung pur, Funkstille. Der meisten ihrer Kunden – langweiligen Typen ohne jeden Charme, die vögelten wie Besen, sich abmühten, keine Ahnung hatten – war sie überdrüssig. Und der Rest war auch nicht besser. Von diesen göttlichen Überraschungen, wie Howard eine gewesen war, von denen, die sie verblüfften, hatte sie in ihrer Karriere ganze zwei kennengelernt, also einer alle sechs oder sieben Jahre, was für ein Elend. Der Beruf brachte keine Märchenprinzen mit sich, er bot keinerlei Garantie.

Eines Nachmittags regte sie sich über einen Industriellen aus der Lebensmittelbranche auf, der sie an alle vier Ecken des Bettes gefesselt und ihr bei der Gelegenheit einen grauenvollen Knutschfleck am Hals verpasst hatte. Diese Art von unerträglicher Entgleisung machte sie rasend. Sie war derart außer sich, dass sie ihm um ein Haar mit der Faust ins Gesicht geschlagen hätte, aber dieser Vollidiot wirkte so zufrieden mit sich, so beflügelt von seiner Heldentat, dass sie es aufgab und ihn in seiner Suite mit Parkblick und seinen studentischen

Blümchenshorts sich selbst und seinem Gejammer überließ. Wortlos ging sie hinaus, nicht ohne ihm durch ein Zeichen klarzumachen, dass er es sich selbst besorgen solle, falls der Frust zu groß werde.

Sie ging im Laden vorbei und stöberte nach einem Schal. Es dämmerte, die Leute erledigten ihre letzten Einkäufe, bevor sie mit ihren Paketen nach Hause gingen. Sie hatte einen ganz schönen Fleck unten am Hals, absolut widerlich. Das nächste Mal würde sie ihn umbringen. Schließlich fand sie ein Tuch von Vivienne Westwood, das nicht zu verschlissen aussah, und machte sich vor dem Spiegel zurecht. Seit einigen Tagen bildeten sich Tränensäcke unter ihren Augen, sie wirkte müde, sie trank zu viel Champagner. Und jetzt noch dieser schauerliche Fleck, der erst in einigen Tagen verblassen würde, das machte sie fertig. Eine beispiellose Bestialität. Kurz spielte sie mit dem Gedanken, ins Hotel zurückzugehen und ihm eine Vase über den Kopf zu ziehen – dort standen vor jeder Tür welche, mit Orchideen, daran fehlte es nicht. Sie fragte sich, aus welchem gottverlassenen Kaff ein Kerl kam, der noch Knutschflecken verteilte.

Andererseits war sie nicht traurig darüber, früher nach Hause zu kommen, und die Aussicht auf einen ruhigen Abend ließ sie diesen Vorfall fast vergessen.

Zu Hause angekommen, machte sie eine Maschine mit feiner Wäsche an, dafür legte sie die Teile in ein Wäschenetz, wählte das Kurzprogramm, danach ein kurzes Schleudern. Den Trockengang brach sie ab, andernfalls sah ein Fünfhundert-Dollar-BH zehn Wäschen später nach gar nichts mehr aus.

Sie konnte sich auch nicht darüber beschweren, Ann-Margaret zu häufig anzutreffen. Das ließ sich nicht vermeiden. Sie vor die Tür zu setzen hätte bedeutet, ihr gleich darauf hinterherlaufen und sie anflehen zu müssen, zurückzukommen. Marlon von morgens bis abends allein zu lassen kam nicht in Frage, ganz abgesehen von seiner Angst vor der Abenddämmerung, seinem Schützenverein und den Arztbesuchen, Joan konnte nicht überall gleichzeitig sein.

Ann-Margaret war nicht blind, und die Ungeniertheit, mit der sie sich im Haus bewegte – so dass sich Joan in ihrer eigenen Küche, in ihrem eigenen Wohnzimmer und so weiter fremd fühlte –, zeigte, wie selbstsicher sie war. Unentbehrlich.

Dass Ann-Margaret clever war, im Geheimen agierte, nicht zögern würde, eine Gelegenheit zu ergreifen, dass sie ihre Pläne sofort ändern konnte, sobald der Wind sich drehte, daran hatte Joan nie gezweifelt, sie hatte sie nie unterschätzt. Darum wunderte sie sich auch nicht, dass sie nicht lockerlassen wollte. Jetzt, wo sie nicht mehr im Laden war, hatte sie alle Zeit der Welt, sich um ihre Angelegenheiten zu kümmern, insbesondere um Marlon.

Joan wusste das. Sie wusste das, konnte aber nichts dagegen tun. Sie riskierte, es bitter zu bereuen, aber es gab keine andere Lösung. Sie musste arbeiten, unbedingt, und ihr für weitere zwei Wochen das Feld überlassen. Das war lang, aber nicht zu lang. Sie würde wachsam bleiben. Sie würde ihr ihren Kopf nicht auf dem Silbertablett präsentieren.

Sie zog ihre Schuhe aus, sie war erledigt. Sie hatte sich halb die Schulter verrenkt, als sie mit dem Typen auf sich aus dem Bett gefallen war. Sie bewegte den Arm und fluchte vor sich hin.

Sie bereitete gerade das Feuer vor, als sie herunterkamen. Sie wollten rausgehen, Marlon hatte schon seine Mütze auf dem Kopf, und Ann-Margaret trug ihre Gummistiefel mit der rutschfesten Sohle.

Wir machen eine Runde durch die Stadt, sagte Ann-Margaret. Wir haben nicht so früh mit dir gerechnet. Marlon möchte die Weihnachtsdekoration sehen.

Joan drehte sich zum Kamin, um das Holz anzuzünden.

Das wäre ein kleiner Vorgeschmack für ihn, sagte sie. Ich möchte ihm gerne die in New York zeigen, mal sehen, wie ich das mache.

Au ja, au ja, ja, unbedingt, gluckste Marlon hinter ihr.

Ich könnte mir auch gut ein Wochenende im Gramercy vorstellen. Wir hätten einen Schlüssel für den Park und könnten dort eine Schneeballschlacht machen.

Marlon lachte vor Freude auf. Joan wandte sich um und sah Ann-Margaret unverwandt in die Augen. Wäre in diesem Moment jemand zwischen sie gekommen, es hätte Tote gegeben.

Nach wenigen Sekunden durchbrach Joan das Eis.

Na los ihr zwei, sagte sie. Kümmert euch nicht um mich. Viel Spaß. Und bringt mir eine Tüte Pommes mit, wenn ihr irgendwo vorbeikommt.

Sie trat ans Fenster, um sie fortgehen zu sehen. Natürlich hatte sie sich bei ihm untergehakt, aber sie wirkten nicht wie ein Liebespaar, Marlon ging sehr aufrecht, die Hände in den Taschen, und dieses Bild besänftigte sie, jedenfalls wurde es nicht noch dunkler um sie, als es schon war. Trotzdem schwer genug zu sehen, wie sie sich Arm in Arm entfernten, wo sie selbst doch unfrei war.

Das Alleinleben zu lernen war nicht leicht gewesen. Es war eine langwierige und schmerzhafte Arbeit, aber hatte man es erst mal geschafft und sah man die Welt so, wie sie war, hatte man kein Verlangen mehr nach etwas anderem. Das konnte eine Lebensaufgabe sein.

Aber Marlon, der Dummkopf, hatte alles kaputtgemacht. Joan war jetzt mit Schwierigkeiten konfrontiert, die sie nicht hatte kommen sehen. Diese Situation war weitaus unbequemer, als wenn sie damit befasst gewesen wäre, die Welt auf Abstand zu halten, auf dem Gipfel eines Leichenbergs zu balancieren, im Regen zu gehen, ohne nass zu werden.

Weiter hinten bogen sie auf die Mount Auburn ab. Möwen lachten über dem Fluss, kreisten im Zickzack über dem Memorial, auf der Höhe von Eliot House mit seinem erleuchteten Glockenturm. Sie blieb einen Moment reglos stehen, bevor ihr bewusst wurde, dass es nichts mehr zu sehen gab, die Straße war menschenleer. Sie holte sich etwas zu trinken.

Oben entdeckte sie nichts Außergewöhnliches, das Obergeschoss war gut in Schuss und aufgeräumt. Das Bett war gemacht, nichts lag im Bad oder im Rest der Wohnung herum. Ann-Margaret hatte jetzt einen Koffer, das war neu, mehr als ein Weekender, ein echter, offensichtlich gutgepackter

Koffer, der ihr erlaubte, ihre Flitterwochen mit Marlon beim geringsten Anlass zu verlängern, ohne sich zu Hause umziehen zu müssen. Boden zu gewinnen, ohne dass es danach aussah, war Ziel dieses Manövers. Einfach und effektiv, unaufhaltbar – frei, Anstoß zu nehmen, ohne etwas zu verlieren, die Unschuldige zu spielen. Die gute Nachricht war, wenn man so wollte, dass Ann-Margaret zögerte, den letzten Schritt zu machen und zur knallharten Besetzung der Räumlichkeiten überzugehen – denn davor hatte Joan unbewusst eine Linie gezogen, die besser niemand übertrat, eine entscheidende Linie, eine vibrierende Linie von leuchtendem Rot, abschreckend, unter Strom.

Sie sollte sich darauf vorbereiten. Sie klaute ihnen einen Apfel, den sie auf dem Weg nach unten anbiss, und dachte gähnend, dass sie ihr einmal morgens die Reifen ihres Hondas zerstechen würde. Sie ließ das Feuer ausgehen. Sie hatte keine Briefe mehr zu verbrennen, und sie würde nicht auf sie warten. Sie legte sich hin und sah sich eine Serie an. Sie dachte daran, dass sie sich gerade von einem eins sechzig kleinen, zurückgebliebenen Obermacker aus der Lebensmittelbranche hätte vögeln lassen müssen, wenn nicht die Sache mit dem Knutschfleck gewesen wäre. Stattdessen lag sie gemütlich im Bett, dessen Matratze übrigens ein Vermögen gekostet hatte, was sie nicht bereute, die Matratze war fast ein Freund geworden, ein Liebhaber, ein Beichtvater. Das war unbezahlbar. Mit ihrem Gegenschlag war sie zufrieden. Die Sache mit der Einstimmung auf Weihnachten in New York war ein Geistesblitz gewesen. Das mit dem Wochenende im Gramercy war ihr so rausgerutscht und würde sie ein Heidengeld kosten, aber gesagt war gesagt. Und wenn sie zurückkämen, würde sie noch eine Schippe drauflegen. Ann-Margaret irrte sich, wenn sie sich für besonders schlau hielt. Reifen gab es im Moment nicht im Sonderangebot.

Sie sah sich diese Geschichte an, die *The Scarlet Letter* ähnelte, aber schlechter war, als sie die beiden heimkommen hörte.

Ich habe dir Pommes mitgebracht, sagte Ann-Margaret.

Joan, auf ihren Kissen, wandte den Blick nicht vom Bildschirm ab. Gut, leg sie auf den Tisch, sagte sie, ohne ihr Beachtung zu schenken. Die armen Mädchen verderben mir den Appetit.

John fragte sich, ob man Ann-Margaret vertrauen könne. Seiner Meinung nach musste sie nur erzählen, was sie neulich gesehen hatte, und seine Karriere wäre beendet. Die Wahlen könnte er gleich bleibenlassen.

Ich kann sie nicht ab, sagte er. Sie ist ein Damoklesschwert über meinem Kopf. Ich kenne einige, die das freuen würde zu hören. Ich habe ein bisschen recherchiert über sie, aber nichts gefunden. Sie ist nur eine alte Aktivistin, die sich zur Ruhe gesetzt hat, ich wette, sie würde nicht mal einen Joint rauchen.

Genau das taten sie gerade. Sie waren auf Doras Balkon gegangen. Es war finstere Nacht, und winzige Schneeflocken fielen wie Puderzucker, oder Melissenpollen.

Doch, ich denke, ja. Ich glaube, dass sie ihren Mund halten kann. Aber ich kenne sie nicht gut genug. Manchmal ist sie seltsam, das finde ich auch. Im Frühling war sie noch nicht so unheimlich.

Jedenfalls, für mich ist das ein Problem, sagte er. Das gefällt mir nicht. Ihr ausgeliefert zu sein. Ich weiß nicht. Stell dir vor, sie dreht durch.

Aber nein, John. Dafür gibt es keinen Grund. Ein kleines Risiko gibt es, natürlich, aber das ist immer so. Es gibt keine Garantie.

Ich werd sie trotzdem im Auge behalten, sagte er. Ich muss sowieso mit ihr reden. Damit die Dinge zwischen uns klar sind.

Hübscher weißer Rauch stieg aus dem Schornstein, die Schwaden verloren sich in der eisigen Nacht. Dora bedeutete ihnen hineinzukommen, damit sie anstoßen konnten. Wie jedes Jahr Mitte Dezember hatte sie für die Mädchen ein kleines Fest organisiert, um die freundschaftlichen Beziehungen zwischen ihnen zu erhalten, die unter anderem, wenngleich dies auch nicht überzubewerten sei, zum Ruf und dem guten Geschäft beitrügen – so ein Callgirl-Netzwerk war nicht zu vergleichen mit einem Zuhälter-Business für zwanzig Dollar die Nummer, so wenig wie ein Lotus Elan mit einem Handkarren.

Dora erhob ihr Glas und begann ein Loblied auf ihre Schönheit, ihre Professionalität, auf das Vergnügen, sie alle um sich zu haben, auf den guten Umsatz, bla, bla, bla. Ann-Margaret hatte auf die Einladung nicht reagiert, und John sah darin zunehmend ein Zeichen, einen Riss, einen Beweis, dass die Frau verwirrt war und ihm Unannehmlichkeiten bereiten könnte.

Aber warum sollte sie dir Ärger machen wollen, John.

Ja, ja, ich weiß nicht. Wenn jemand etwas wittert, lachen alle drüber, aber das gibt es, stell dir vor. Ich *rieche*, dass sie mich nicht mag.

Es ist deine Uniform, die sie nicht mag. Glaube ich zumindest.

Er schaute grimmig, ging zum Büfett und wiegte dabei den Kopf hin und her. Währenddessen beendete Dora ihre Rede mit einem Gedanken an Vickie, die in wenigen Tagen wieder auf den Beinen sein würde. Sylvie und Marlon waren die Einzigen, die nicht wussten, worauf sie anspielte, da aber alle anderen vorgewarnt waren, hatte es etwas Amüsantes zu sehen, wie jeder darauf achtete, nichts Falsches zu sagen, das Spiel mitzuspielen.

Sichtbar verunsichert nahm Sylvie Joan beiseite. Diese Mädchen hier alle, ich hab es nicht richtig verstanden, was machen die genau, fragte sie.

Und weil Joan sie ansah und keine Antwort wusste, setzte sie rasch nach, und Mensch, so sympathisch alle.

Marlon schien der gleichen Meinung zu sein.

Sehr hübsch, deine Freundinnen, fand er. Gut, gut, ich bin froh.

Siehst du, war doch gut, dass ich dich zum Kommen überredet hab. Davon stirbt sie schon nicht. Sie geht aber auch schnell in die Luft.

Wie, in die Luft.

Explodieren, schnell auf hundertachtzig sein, einen schwierigen Charakter haben.

Ach so, ich verstehe. Ist mir aufgefallen.

Du lieber Gott, dachte Joan, gelobt seist du im Himmel, wenigstens das sieht er. Sie hätte ihn dafür küssen können.

In jedem Fall, misch dich nicht in ihre Geschichten ein, fuhr sie fort, du solltest nicht für die oder die sein. Wir halten uns da raus.

Zufrieden lotste sie ihn zum Büfett, auf die Nachtischseite, denn sie hatte plötzlich Lust auf was Süßes. Die Stimmung war angenehm, entspannt. Sie neigte sich vor, um einen Windbeutel zu nehmen, und bemerkte, dass Marlon die Mädchen nicht aus den Augen ließ. Sie seufzte erfreut. Das kam unerwartet. Und so normal, dachte sie, so natürlich. Sie hatte ihn gar nicht drängen müssen.

Sie ist aber auch zum Verzweifeln, manchmal, sagte Dora, die sich eben zu ihnen gesellte. Und so vorhersehbar. Das ist bemitleidenswert. Ich bin froh, dass Marlon gekommen ist, sagte sie, nahm dabei seine Hände und drehte sich zu ihm. Ich hatte Angst, dass sie dich gegen mich aufbringt, weißt du.

Er schüttelte den Kopf. Ich verstehe dich nicht.

Ich hatte Angst, dass sie dir irgendwas über mich erzählt und du keine Lust mehr hast, mich zu sehen. Ganz einfach.

Sicher nicht. Das passiert sicher nicht. Ich mische mich nicht ein. Wir haben unsere Ruhe.

Sie streichelte seine Wange und erhob sich vom Sofa. Sie küsste ihn auf den Kopf und ging.

Ich verstehe sie, seufzte Joan. Du musst zugeben, Ann-Margaret ist anstrengend. Und nachtragend.

Sie ist nachtragend. Sie hat andere Qualitäten, das glaube ich, aber sie ist ein Kotzbrocken, Marlon, tut mir leid.

Er senkte den Blick, wurde mürrisch.

Ich sag das nicht, um dich zu ärgern, fuhr sie fort. Ich sehe, dass Dora bedrückt ist, das ist alles. Morgen denkt sie nicht mehr dran, aber es hätte sie verletzt, wenn du nicht gekommen wärst, und Ann-Margaret wusste das. Das ist alles. Jetzt lass uns von etwas anderem sprechen. Ich habe so viel zu tun, ich sehe dich fast nicht, das ist schlimm, wir sollten uns das nicht vermiesen, bitte, unsere gemütlichen Abende fehlen mir, könntest du versuchen, mich anzulächeln, bitte, ich brauche das.

In der Tat ging sie auf dem Zahnfleisch. Sie tröstete sich damit, dass die anderen Frauen, die jünger waren als sie, Frauen in Höchstform, auch nicht besser damit zurechtkamen. Außerdem war da noch der Laden, wo es vor den Feiertagen auch nicht ruhiger wurde. Dora fragte sie immerzu, wie machst du das bloß, nimmst du was oder wie. Nein, sie nahm nichts, bei Gelegenheit mal eine Line, manchmal zog sie an einem Joint, aber mehr zu ihrem Vergnügen, als um ihre Akkus aufzuladen.

Wie dem auch sei, sie forderte ihn zum Tanzen auf. Er liebte Tanzen über alles, und sie vergaß, dass sie müde war, wenn er vor ihr stand und gestikulierte, als wäre er in einem Clip von den Talking Heads. Marlon fiel es schwer, zwei Dinge gleichzeitig zu tun, und wenn er tanzte, tanzte er und tat nichts anderes, und Ann-Margaret war aus seiner letzten Gehirnwindung verschwunden, fortgetragen wie eine Daune von einem Windhauch. Keine Minute, und er strahlte. Joan fühlte sich, als würde sie in lauwarmes Wasser gleiten, und schloss für einen Moment die Augen. Ihn glücklich zu sehen, mit einem Lächeln auf den Lippen, erfüllte sie jedes Mal.

Es dauerte nicht lange, und ein paar Mädchen, angezogen von der erfrischenden Lebendigkeit, die Marlon an den Tag legte, bildeten einen Kreis um ihn und sahen ihm bei seiner akrobatischen Trance zu, die so außergewöhnlich wie entzückend war. Joan erkannte sehr schnell, dass es nicht nötig sein würde, ihn jemandem vorzustellen. Er machte das sehr gut selbst, auf vorbildlichste Weise – das Lied war noch nicht zu Ende, da drängelten sie sich schon vor, um mit ihm zu tanzen, sich vor ihm zu produzieren, Spaß zu haben, ihn nachzuahmen, die kleinen Schlampen, die sie an ihr Herz drücken wollte.

Dein Bruder hat einen ganz schönen Stein im Brett bei den Mädchen, bemerkte John, als sie zum Rauchen auf dem Balkon standen. Er weiß, wie es läuft, könnte man meinen. Ich kenne da eine, die das nicht gut finden wird, wenn ihr das zu Ohren kommt. Das gibt Ärger.

Ja, da werden wohl ein paar Türen knallen. Ich besorg mir besser Ohrstöpsel. Ich wollte ihm nur zeigen, dass Ann-Margaret nicht die einzige Frau auf der Welt ist, aber das hat er schon selbst gemerkt. Ich frage mich, ob Marlon gut im Bett ist. Das beschäftigt mich wirklich. Dich nicht.

Denkst du, er ist eine Art Hengst oder was. Wer weiß. Was ich nicht jeden Tag sehe.

Weil ich mir denke, was will sie bloß, wegen was hängt sie so an ihm, wenn es nichts Sexuelles ist. Sie wird ja wohl nicht so blöd sein und sich in ihrem Alter verlieben, diese Irre.

Joan, ich sag's dir noch mal, diese Frau ist Dynamit. Man darf sie nicht zu stark schütteln. Sie tut ja nichts Schlimmes.

Ach, du findest, dass sie nichts Schlimmes tut. Findest du. Sie erstickt ihn, das tut sie. Sie nimmt ihm die Luft zum Atmen. Ich will mit ihm für ein Wochenende nach New York fahren. Wenn du gesehen hättest, wie schief sie mich angeguckt hat. Sie wird ihn noch einsperren, so eifersüchtig ist sie. Sogar Dora erträgt sie nicht mehr.

Ja, aber ihr müsst ein bisschen aufpassen, Vorsicht. Wenn ihr euch gegen sie stellt, macht sie es wie der eine da, sie drückt auf den Knopf, und das war's dann mit uns.

John, denkst du nicht manchmal, dass wir nicht ganz so blöd sind, wie du meinst, dass wir auch ein Hirn haben, sagte sie und drehte sich zu ihm.

Sie lehnten am Geländer. Jetzt schneite es nicht mehr Puderzucker, sondern kristallisierte Flocken. Er verzog das Gesicht. Aber das sage ich ja gar nicht, entrüstete er sich, ich sag nur, übertreiben wir es nicht, dann geht auch alles gut. Wir gehen in die Defensive, immer sachte, da sind wir uns einig, oder.

Ja, klar. Mach dir keinen Kopf. Wer hat schon Lust auf ein Drama.

Eine ehrliche Haut hätte sich jetzt auf die Zunge gebissen, aber Joan war das Lächeln selbst.

Sie gingen sehr spät. Als sie Marlon gefragt hatte, ob er loswolle, hatte er verneint, er schien neue Freundinnen gefunden zu haben. So war es, und sie hatte nichts damit zu tun. Brett konnte das bestätigen. In seinem Alter und an seiner Stelle hätte ich mich keinen Zentimeter vom Fleck gerührt, sagte er.

Das sehe ich auch so, antwortete sie. Aber Ann-Margaret sitzt wahrscheinlich auf heißen Kohlen, so spät, wie es ist.

Da kannst du sicher sein.

Ich möchte nicht, dass zu viel Geschirr dabei draufgeht. Das geht schließlich auf meine Rechnung.

Er sah sie lächelnd an. Deine Strategie der Einkreisung dürfte aufgehen, befand er. Gut erkannt, gut gehandelt. Ein Punkt für dich, im Moment. Aber bleib auf Abstand. Sie kann ganz plötzlich zum Gegenangriff übergehen. Früher war sie schnell wie der Blitz. Ich glaube nicht, dass sie alles verloren hat, weißt du. Sei vorsichtig, sie ist wie ein verwundetes Tier. Mach nicht den gleichen Fehler wie ich.

Guter Gott, jetzt mal langsam. Wir wollen doch nicht tragisch werden. Ich bitte dich. Du bist hier, du lebst, und ich habe genug getrunken, um dir nicht zuzuhören, wenn du von deinen Liebesangelegenheiten erzählst. Ich will überhaupt nicht wissen, was sie dir getan hat, Brett, da habe ich keine Lust drauf. Hilf mir lieber, Marlon einzusammeln. Ich bin sicher, dass sie noch nicht schläft, sie wartet mit dem Nudelholz auf uns. Ich mache Spaß, aber nur ein bisschen.

Auf dem Rückweg durch die schwarze Nacht wirkte Marlon fröhlich. Der Mond schien, Joan fuhr langsam, weil die Straßen glatt waren und sie Gefallen daran fand, diesen Moment mit ihm zu teilen.

Ich kann das Ende der Feiertage gar nicht erwarten, erklärte sie, als sie gerade allein auf weiter Flur an einer roten Ampel standen. Dann kann ich Urlaub nehmen.

Au ja, nickte Marlon, der angeschnallt neben ihr saß. Ann-Margaret auch. Im Urlaub.

Sie ist auch im Urlaub, wiederholte Joan, na das ist gut, dass sie auch in den Urlaub fährt, zum Südpol hoffentlich.

Jamaika, hat sie gesagt.

Noch besser, das ist sehr gut, Jamaika, das wird ihr guttun. Dort wird man sich um sie kümmern.

Ich freue mich auch drauf, sagte Marlon.

Joan fühlte, wie ihr Blut in den Adern gefror. Sie bog in den Weg ein, als die Worte in ihrem Gehirn ankamen. Unter Schock und im Begriff, ihn zu fragen, ob sie recht gehört hatte, fuhr sie hart auf die Bordsteinkante auf, und Marlon, der sich eben abgeschnallt hatte, flog mit gesenktem Kopf gegen die Windschutzscheibe.

Blut lief ihm aus der Nase, er verschmierte es überall. Sie schrie auf, sah ihn mit verzerrter Miene an, parkte, so schnell sie konnte, beugte sich dann zum Handschuhfach und holte die Kleenex heraus. Marlon stöhnte, als er seine Hände sah. Sie stieg aus dem Auto und half ihm von seinem Sitz. Wir müssen Eis drauf tun, sagte sie. Im Viertel war es still, in der Ferne bellte ein Hund. Ann-Margaret erschien oben am Fenster und knotete wütend ihren Morgenmantel zu. Aber als sie sah, was los war, reagierte sie sofort.

Herrgott, Herrgott noch mal, ist nicht wahr, oder, knurrte sie und verschwand im Zimmer.

Sie kam, um ihnen die Tür zu öffnen. Sie trug unglaubliche Pantoffeln mit Bommeln daran. Joan schaffte es, Marlon durch die Flut von dummen Fragen zum Wie und Warum zur Küche zu führen, ihn hinzusetzen und sich um die Eiswürfel zu kümmern. Während sie ein paar davon in einen Tiefkühlbeutel füllte, beugte sich Ann-Margaret besorgt über Marlons Nase und warf Joan mordlustige Blicke zu. Die Stimmung war alles andere als prächtig. Immerhin schien Marlon nicht übermäßig zu leiden, obwohl er noch etwas benommen war, und nachdem Ann-Margaret ihn vorsichtig abgetastet und erklärt hatte, die Nase sei nicht gebrochen, riss sie Joan, die näher gekommen war, den Eisbeutel regelrecht aus der Hand, um ihn selbst auf das übel zugerichtete Gesicht des armen Jungen zu legen.

Was soll denn der Scheiß, fragte sie verärgert.

Joan verarbeitete gerade noch die Art und Weise, wie Ann-Margaret ihr den Eisbeutel abgenommen hatte und was das wohl zu bedeuten habe.

Du, das war ein Unfall, antwortete sie. Wenn du

jetzt beiseitegehen könntest, damit er mal Luft holen kann, wäre das gut. Im Übrigen muss ich mit dir reden. Der Unfall war nämlich deine Schuld. Gut, dass du das ansprichst.

Meine Schuld, sagte sie höhnisch. Guck dich doch an, du bist halb blau, fährst um drei Uhr morgens bei Glatteis durch die Straßen und kannst jetzt nicht mal das Maul halten. Du hättest ihn umbringen können, du blöde Kuh.

Marlon ließ den Beutel fallen und hielt sich die Ohren zu.

Schon gut, Marlon, beruhigte Joan ihn. Darauf antworte ich jetzt nicht. Ich warte, bis du im Bett bist.

Halt mal, es gibt nichts, was wir nicht vor ihm besprechen könnten, okay, empörte sich Ann-Margaret.

Lass mich das entscheiden.

Ann-Margaret stand neben ihm, eine Hand auf seiner Schulter. Stur, besitzergreifend. Innerlich stampfte sie mit den Füßen auf. Marlon wandte den Blick nicht von Joan. Es war nicht immer leicht zu verstehen, was er empfand, zu wissen, was er dachte, aber sie spürte, dass ihre Verbindung, obwohl sie im Vergleich zu Ann-Margaret die schlechteren Karten hatte, nach wie vor stark war, was sich anfühlte wie ein warmer Hauch auf ihrem Gesicht.

Für ihren Geschmack wurde das Leben interessanter, wenn man etwas zu verlieren hatte. Sie hatte dreiunddreißig Jahre gebraucht, um das zu begreifen, war ziellos durch eine endlose, öde Wüste gewandert, aber jetzt war da endlich etwas, und dieses Etwas war ihr Bruder. Sie konnte es noch immer kaum glauben. Was er war, was er bedeutete. Und alles war gut gewesen, bis zu dem Moment, als Ann-Margaret die Bühne betreten hatte.

Da standen sie nun, sechs Monate später, von Angesicht zu Angesicht, kurz davor, sich an die Gurgel zu gehen, bis Marlon sich auf seinem Stuhl aufrichtete und sagte, dass er schlafen gehe, dass er weder für die eine noch für die andere sein wolle, dass er allein hochgehen könne, dass er sich besser fühle.

Sie folgten ihm mit dem Blick, wie er tapfer hinaufging.

Gut, wenn du mir etwas zu sagen hast, meinte Ann-Margaret und wandte sich Joan zu, wäre das wohl der Moment.

Absolut. Es geht um diese Reise nach Jamaika.

Er hat dir davon erzählt.

Nein, aber das ist nicht das Problem, das ist egal.

Hast du was gegen Jamaika.

Nein, und sei jetzt mal still, bitte. Lass mich reden. Das kommt nicht in Frage. Nie im Leben.

Wieso. Ich bezahle alles.

Nicht mal eine Sekunde darfst du dran denken, hörst du mich. Ich werde dir Marlon im Januar ganz bestimmt nicht anvertrauen. Und übrigens auch nicht im Februar. In keinem Monat des Jahres.

Du vergisst, dass er dein Einverständnis nicht braucht. Wenn es so ist, werden wir einfach ohne deine Zustimmung fahren.

Früher hätte Joan heftiger reagiert, so viel war sicher, auf jeden Fall wäre es lauter geworden, das fragile Beziehungsgeflecht zwischen den Menschen hätte auf der Stelle in die Luft fliegen können, aber Joan hatte sich verändert, sie wusste zu gut, was sie zu verlieren hatte, und diese Feststellung, weit davon entfernt, sie zu schwächen und auszubremsen, half ihr, sich durchzusetzen, tröstete sie mehr, als sie sich je hätte vorstellen können. Früher war ihr Leben wie ein Glücksspiel gewesen, und es hatte keinen Unterschied gemacht, ob sie alles auf eine Karte setzte.

Sie musterte Ann-Margaret und lächelte. Hör zu, buch die Tickets besser so, dass du sie zurückgeben kannst, man weiß nie, was passiert.

Ann-Margaret lachte laut los. Aber sicher doch, darauf kannst du dich verlassen.

Joan neigte sich zum Tisch vor, um die Zigaretten zu nehmen. Ab jetzt werde ich die Böse in der

Geschichte sein, sagte sie. Aber du zwingst mich dazu.

Du bist nicht die Böse in der Geschichte, du bist die arme kleine Vollidiotin in der Geschichte. Du verdienst es nicht, dich um ihn zu kümmern. Guck dir doch nur mal an, in welchem Zustand du ihn heute zurückgebracht hast, sag mal, geht's noch.

Weißt du, manchmal frage ich mich, ob du nicht ein bisschen krank bist. Ernsthaft. Wenn ich denke, in welche groteske Lage du uns gebracht hast. Aber ich hab keine Lust, mit dir darüber zu streiten. Ich wollte dich nur darüber informieren, dass es keine Reise nach Jamaika oder sonst wohin geben wird, dass du mit Marlon nirgendwohin fahren wirst, weil ich dich daran hindern werde.

Das werden wir ja sehen. Darüber sprechen wir noch mal.

Bild dir bloß nicht ein, dass ich Mitleid mit dir haben werde, mit dir altem Knochen.

Ann-Margaret, die gerade bei der Treppe angekommen war, hielt inne und zeigte ihr den Stinkefinger.

Joan und Marlon stiegen eine Woche vor Weihnachten im Gramercy ab. Als sie am Flughafen angekommen waren, hatte es in Strömen geregnet, aber als sie nun aus dem Hotel kamen, fielen große

Flocken. Sie ließen sich ins Katz's bringen, um ein Sandwich zu essen und danach zu Fuß zu den glänzenden Läden und Auslagen zu spazieren. Nach und nach blieb der Schnee liegen. Sie kamen langsam voran, weil Marlon jedes Schaufenster genauestens unter die Lupe nahm, die Leuchtschriften entzifferte, die zinslosen Kreditangebote über zehn Jahre, die wie ein Schwarm Wespen zwischen den Girlanden aufflackerten. Lachend lief er über die Gehwege, im Zickzack zwischen den Leuten mit ihren umbänderten, übertriebenen Paketen hindurch, tippelte hin und her, während er auf seinen Hot Dog wartete und darauf, schnell wieder zur Aktion überzugehen.

Joan kam mehr oder weniger direkt aus den Armen ihres letzten Kunden, sie hatten die Taschen gepackt, waren ins nächste Flugzeug gesprungen, und seitdem träumte sie nur noch davon, sich bis zum Abendessen in der Hotelbar in einen Sessel sinken zu lassen, mit einem doppelten Whiskey, ein paar Oliven und Erdnüssen und ihrem Telefon. Sie wollte nichts, als ihren Kopf freimachen, Ann-Margarets Schrei vergessen. Einfach zur Ruhe kommen.

Das Gramercy war voll, aber sie hatte ohne große Schwierigkeiten noch zwei miteinander verbundene Zimmer bekommen, sie wusste, an wen sie sich wenden musste, die Fenster gingen zum Park, in dem mehrere Zentimeter Schnee lagen, die Tauben versanken darin bis zum Bauch, die Eichhörnchen versteckten sich mit ihren Nussladungen im Herzen der Bäume, und ja, gut, die gedämpfte Musik in den Fluren und Lifts war von Brian Eno, der Raumduft aus dem Hause Annick Goutal.

Ein paar Typen an der Bar drehten sich nach ihr um, als Marlon mit einem Strohhalm lautstark die letzten Reste aus seinem Glas saugte. Er wollte noch einmal zum Times Square und dann bei Stereo Exchange vorbei, um sich vor dem Abendessen Kopfhörer anzusehen.

Im Grunde kannte sie in dieser Stadt nur die Zimmer von zwei, drei Luxushotels und einige exklusive Nachtclubs, zu denen sie Zugang hatte. Aber das hier war etwas ganz anderes, draußen im Schnee spazieren, sich für Details interessieren, dem Lärm zuhören, in die Weihnachtsstimmung eintauchen, mit ihrem Duft von Zucker und Gegrilltem, sich von den Lichtern leiten lassen und Marlon folgen, die Hände in den Taschen, den Kopf leer, alles an sich abperlen lassen wie an Wachstuch. Das hatte rein gar nichts miteinander zu tun, es war wie Tag und Nacht. So dass sie sich, entgegen ihrer Erwartung angesichts der plötzlichen Beschleunigung der Ereignisse am Vormittag, schon lange nicht mehr so wohl gefühlt hatte, so sehr lenkte sie das Schlendern durch die Stadtviertel ab und später der Spaziergang auf dem Broadway, das mexikanische Essen, ihre Rückkehr aufs Zimmer, wo die Betten für die Nacht vorbereitet waren, mit Schokolade auf dem Kopfkissen. Marlon hatte eine Reihe von Katalogen, verschiedenen Flyern und Rabattcoupons eingesammelt und sich in seinem Zimmer auf den Teppich gesetzt, um sie zu sortieren, während Joan endlich zu ihrer wohltuenden Dusche kam.

Jetzt ging es ihr wirklich gut. Im Spiegel fand sie sich ganz normal. Das hatte natürlich auch etwas mit Marlon zu tun. Beim Spazierengehen war er eine gute Gesellschaft. Und wenn es nur bis zum Ende der Straße war, mit Moss zwischen den Beinen, um Milch zu kaufen. Mit ihm brütete sie nie lange über ihren Sorgen.

Sie wusste noch nicht, ob sie John anrufen sollte. Sie zögerte. Es bestand keine absolute Notwendigkeit, denn sie hatte die Heizung abgedreht, die Fenster geöffnet und zitternd noch ein letztes Mal alles in Augenschein genommen, bevor sie die Tür schloss und zu Marlon ging, der draußen auf sie wartete und dem Taxifahrer von seinem Leben erzählte und diesem Trip nach New York, den seine Schwester ihm schenkte.

Sie zögerte, dachte aber schließlich, dass die richtige Entscheidung sich schon ergeben würde, sobald sie sie nicht mehr forcierte, dass sie nur auf das Schicksal vertrauen musste.

Sie zog ihren Morgenmantel über und sah zu Marlon, der in seine Sammlung vertieft war und mit sich selbst sprach, im Halbdunkel, nur erleuchtet von einem Clip von Beyoncé, der den Raum in wechselnde Farben tauchte, ohne Ton. Sie wollte ihn nicht stören, verspürte aber den Wunsch, sein Gesicht zu sehen.

Schlaf gut, sagte sie. Es wird spät sein. Ich lasse die Tür offen.

Er drehte sich um und bedeutete ihr, dass das für ihn in Ordnung sei.

Zwölf Stunden waren vergangen, seit sie Boston verlassen hatten, und es fühlte sich sehr lange her an. Alles war schneebedeckt.

Am nächsten Morgen waren sie so beschäftigt, dass sie niemand anrief. Der Tag begann mit einem Besuch bei dem kleinen Schneeleoparden, der im Herbst auf die Welt gekommen war, dann liefen sie am Rockefeller Center bis mittags Schlittschuh. Es hatte aufgehört zu schneien, das Wetter war sehr schön, und als sie mit dem Essen fertig waren, setzten sie sich auf eine Bank im Park, um noch einen Moment die Sonne zu genießen, denn die Dunkelheit brach rasch herein. Sie fragte sich noch immer, ob sie John anrufen und ihm alles erzählen sollte.

Und so vergingen die Stunden. Immer gab es etwas, das ihre Gedanken unterbrach, sie am Nachdenken hinderte. Sie gingen durch Türen hinein, kamen durch andere heraus, sie konnte Marlon nicht aus den Augen lassen. Sie musste John anrufen, so viel war sicher, die Frage war nur, wann. Und was genau sie ihm erzählen sollte. Bei *Star Wars* saß sie gebannt in ihrem Sessel, während Marlon neben ihr auf und ab hopste. Bei Stereo Exchange probierte er Kopfhörer auf, und Joan beobachtete ihn eine Weile, bevor ihr plötzlich die Idee kam, Nancy anzurufen, eines der drei Mädchen, die sich neulich Abend mit ihm angefreundet hatten. Da sie nicht ans Telefon ging, hinterließ sie eine Nachricht. Dann hob sie den Kopf und beschloss, dass bis zum nächsten Morgen nichts mehr passieren konnte.

Sie schlief unruhig, lag lange mit weitgeöffneten Augen im Dunkeln, gelähmt, unfähig, einen Plan zu entwickeln, was auch immer in Angriff zu nehmen, und sei es die Einschätzung der Lage, die unweigerlich im Chaos enden würde, ihren Widerstand auflöste, sie zugleich erschrocken und heiter zurückließ, fiebrig und gleichgültig. Am Morgen zog sie die Vorhänge auf und ließ einen trostlosen, sehnigen Himmel herein, in Boston aber hatten sie wieder schönes Wetter. Die Rückfahrt mit dem Taxi wurde zur Qual, sie rührte sich nicht, reagierte nicht, als Marlon vergeblich versuchte, Ann-Margaret zu erreichen. Wortlos überließ sie ihm ihr Telefon, als bei seinem der Akku den Geist aufgab und er daraufhin einen so schrillen Seufzer ausstieß, dass der Fahrer sich am Lenkrad festkrampfte und den Kopf zwischen die Schultern zog. Als sie seinen fragenden Blick im Rückspiegel sah, wandte sie ihr Gesicht kommentarlos der Straße zu.

Sie ging vor, um die Tür zu öffnen. Aber anstatt einzutreten, machte sie einen Schritt zurück und stieß mit Marlon zusammen, der hinter ihr stand. Sogleich schlug sie eine Hand vor ihren Mund und ließ ihre Tasche fallen, um sich über Ann-Margaret zu beugen, die am Fuß der Treppe lag. Auch Marlon näherte sich vorsichtig und sagte immerzu oje, oje, oje.

Im Haus war es eisig kalt. Die Fenster waren achtundvierzig Stunden lang weit geöffnet gewesen, und die Mauern brauchten eine Weile, um sich aufzuwärmen, die Decken waren hoch. Marlon hatte ein Feuer gemacht, während Joan Ann-Margarets Körper mit einem Laken zugedeckt hatte, nachdem sie ihn einmal rauf und runter mit einem Raumspray eingesprüht und ihn hinter einen Paravent gelegt hatte, damit er aus dem Blickfeld war. Es wird gleich dunkel, sagte sie, John sollte bald da sein.

Hin und wieder krampfte sich ihr Magen zusammen, nur ganz kurz und schmerzlos, dabei, so dachte sie, war das Schlimmste ja vorbei. Das Schlimmste war, wenn man bedachte, was wirklich zählte, Marlon, Marlons Reaktion, und von daher war sie erleichtert, er verkraftete den Schlag besser, als sie befürchtet hatte. Beim Broteschmieren hatte er gesagt, dass er traurig sei, war dabei über seine Worte gestolpert, hatte auf seine Füße gesehen, dann die Schultern gezuckt und das Thema gewechselt.

Der Abend brach herein, der Mond ging langsam auf und offenbarte feine dunkle Wolken, Risse über dem Ozean. Sie sahen sich noch einige Male lange von der Seite an, sagten aber nichts mehr. Gerade als sie ihm die Hand reichen wollte, damit er sich zu ihr setzte, bog Johns Auto auf den Weg ein und holte sie aus ihrer Erstarrung.

Ganz einfach, John, sagte sie. Wir kommen aus New York zurück, gerade erst vor ein paar Stunden, und da haben wir sie hier gefunden. Mausetot unten an der Treppe. Ich hab gedacht, das ist ein Alptraum, gleich wachen wir auf.

Wenn es passiert ist, wie ich denke, Joan, sagte er,

an Ann-Margarets Leiche hockend und die Treppen hinaufspähend, wenn es passiert ist, wie ich denke, dann ist sie von da oben die Treppe runtergesegelt und hat sich beim Sturz die Knochen gebrochen. Eine andere Möglichkeit sehe ich nicht. Aber ganz ehrlich, Joan, sagte er mit gedämpfter Stimme, nachdem er sich versichert hatte, dass Marlon außer Hörweite war, ich weine ihr keine Träne nach. Tut mir leid, das zu sagen, ich sollte das nicht sagen, ich sag's trotzdem.

Joan nickte und stieß einen langen Seufzer aus.

Das einzige Mal, dass ich in meinem Leben solche Pantoffeln getragen habe, war ich sechs und hab mir den Schädel aufgeschlagen. Suzan hatte Größe vierzig, da kannst du dir ja vorstellen, wie das ausgesehen hat.

Was hat sie bloß gemacht, hier allein bei euch, fragte er und deckte dabei Ann-Margarets Gesicht auf, das noch verkrampfter wirkte als sonst.

Na ja, sie hat es sich hier nach und nach gemütlich gemacht, antwortete Joan leise. Sie hat sich eingeladen, wie es ihr gerade passte, Marlon hatte ihr einen Schlüssel gegeben. Ich meine, verstehst du, als ob sie hier zu Hause gewesen wäre.

Er kratzte sich am Kopf. Sie sah zu Marlon hinüber, der sich lautstark schneuzte. Als wir gefahren sind, erzählte sie John, stand die Arme singend unter der Dusche. Dann hat er ihr eine Nachricht geschickt, um ihr zu sagen, dass wir gut angekommen sind. Du siehst ja, er ist fix und fertig. Ich hab gleich die Polizei gerufen.

Ach so, und was haben die gesagt.

Nichts, ich hab dich angerufen, John. Du bist die Polizei.

Ja, natürlich. Hör zu, lass mich fünf Minuten nachdenken. Wenn die antanzen, wird es zu spät sein. Abgesehen davon habe ich aber gute Nachrichten. Vickie ist entlassen worden. Ich bin ganz selig.

Sie sah ihm einige Sekunden wortlos in die Augen.

Schon gut, ich weiß, grummelte er. Ich weiß, ich weiß, ich bin nicht bescheuert.

Es war der Untergang. Anders konnte man es nicht sagen. Nicht dass sie von der Polizei befragt worden war, die lediglich einen Unfalltod feststellte und die ganze Geschichte innerhalb von Minuten wieder vergaß – man erwartete am Weihnachtsabend neue Anschläge, so wie den in Berlin, auf dem Breitscheidplatz, die Polizei hatte daher andere Sorgen als einen Treppensturz ohne Zeugen und Kampfspuren, zumal John einmal mehr zusah, dass die Sache zu den Akten kam. Aber Marlon war mitgenommen, egal, was er behauptete, und jedes Mal, wenn sie ihn ansah, überkam sie Verzweiflung.

Heiligabend war vorbei, Neujahr nicht weit, und alles erschien ihr ungeheuer traurig. Was sie durchlebte, was sie aus sich machte, was passieren würde – worüber sie sich bislang nie Gedanken gemacht hatte –, quälte sie. In Wirklichkeit hielt sie den Schein nur für Marlon aufrecht, aber langsam verlor sie die Lust an den Dingen, und es waren nicht die Typen, die ihre Arme um sie legten und sie vollspritzten, von denen sie sich Aufmunterung versprach.

Nancy hatte das Handtuch geworfen. Marlon weigerte sich, sie anzufassen, und sie hasste Computerspiele, so dass Dora ihn abholen und bei sich behalten musste, bis der Laden schloss, ihn nach Hause brachte, sobald es dunkel wurde, und so weiter, während sie, Joan, Stunde um Stunde die Stellung wechselte, mehr oder weniger glücklich, mehr oder weniger melancholisch.

Die Stimmung war schlecht, manchmal sogar finster. Marlon sagte zwar nichts, aber er fand keinen Gefallen an den vielen Ortswechseln, die doch nur seinetwegen und seiner Ängste vor der Dunkelheit wegen stattfinden mussten, und wenn es Marlon nicht gutging, ging gar nichts mehr, jetzt nicht mehr.

Wenn sie ihn fragte, ob Ann-Margaret ihm fehle, antwortete er, nein, und beeilte sich, dass er fortkam.

Wenn sie ihm erklärte, dass sie bald Licht am Ende des Tunnels sehen, dass ihr Leben bald wieder seinen normalen Lauf nehmen würde – woran sie selbst kaum glaubte –, antwortete er, sehr gut, super, und beeilte sich, das Thema zu wechseln.

Er war dagegen gewesen, dass sie Ann-Margarets Sachen einsammelte, und hatte sich selbst darum gekümmert. Eine Tasche und ein Koffer standen bei der Eingangstür, für das Rote Kreuz. Sie machte sich am Spiegel für ihren letzten Kunden des Tages fertig. Sie fühlte sich erschöpft. Sie trug noch etwas Rouge auf.

Unten an der Treppe zögerte sie. Dann legte sie entschlossen ihre Hand aufs Geländer und stieg hinauf, um Marlon zu sagen, dass sie ging – seitdem sie ihm neue Kopfhörer geschenkt hatte, war die Verständigung mühsam geworden. Er lag auf seinem Bett, die Vorhänge zugezogen, und sah einen Film. Sie log ihn mehrmals am Tag an. Bis nachher, sagte sie nur, ratlos, was sie ihm noch auftischen könnte. Iss was.

In der Straße parkte eine Limousine mit Brett hinten drin, der ihr Zeichen machte einzusteigen. Sie war in Eile, aber er versprach ihr, dass sie pünktlich zu ihrem Termin komme, selbst wenn eine schöne Frau wie sie eigentlich auf sich warten lassen müsse.

Brett, ich sehe aus wie ausgespuckt. Wir sind doch unter uns.

Stimmt, aber diese Blässe steht dir sehr gut.

Er holte Champagner und Gläser aus seiner Minibar, und sie fuhren den Memorial Drive entlang, der von Schneewällen gesäumt war, die wie in Asche gewälzt aussahen.

Ich hatte mir geschworen, am Tag ihres Todes ein Gläschen zu leeren, ich weiß, das ist schlimm, aber ein Wort ist ein Wort, ich war jung, und sie hat mich zerstört, davon habe ich mich nie erholt. Als du mir erzählt hast, dass sie tot ist, habe ich gedacht, halleluja, die Gerechtigkeit hat gesiegt. Egal, ob sie gestoßen wurde oder ob sie eine Stufe verpasst hat, was zählt, ist das Ergebnis. Ann-Margaret ist nicht mehr von dieser Welt, und alle, die mit ihr auf die eine oder andere Weise zu tun hatten, können sich nur freuen. Das kannst du mir glauben. Ich denke an Marlon, natürlich. Ich weiß, dass er jetzt leidet, aber das ist nichts im Vergleich zu der Marter, die sie ihm noch bereitet hätte. Gewollt oder ungewollt übrigens. Lass mich nicht sagen, was ich nicht gesagt habe.

Sie war alleine, Brett, niemand hat sie gestoßen.

Nennen wir es die Hand der göttlichen Gerechtigkeit, nennen wir es, wie du willst, das stört mich nicht. Sie war nicht schlecht, sie war nur ohne Gnade. Sie hat nie gewusst, was das ist.

Joan wandte den Kopf zum Fluss und ließ ihren Blick eine Weile über die bereits vereisten, schwarzen Ufer bei der Longfellow Bridge schweifen, an deren Pfeilern das Wasser der Ebbe wegen brodelte wie Milch auf dem Herd. Ich bin mir nicht sicher, ob das ein Grund zur Freude ist, sagte sie düster und ließ die Umgebung an ihrem Blick vorbeiziehen.

Du bist müde, sagte er und goss ihr ein. In ein paar Tagen merkst du davon nichts mehr.

Sie lachte finster auf. Sie kannte Brett, seit sie ganz klein war, aber sie hatten sich nie füreinander interessiert. Jetzt plötzlich waren sie sich sehr nah, sahen sich oft, mochten sich, er war die Art von Kerl, der eine Limousine mietete, um durch die Stadt zu rollen und auf der Rückbank ein Gläschen zu trinken.

Die Commonwealth fuhren sie in Schrittgeschwindigkeit hinauf, weil der Verkehr aufgrund des starken Schneefalls blockiert war, man sah nichts mehr.

Das kann doch passieren, Brett, dass man es gut meint und alles vermasselt. Unnötig, sich da etwas vorzumachen. Es ist halt einfach schrecklich.

Es so gut machen, wie man kann, erklärte er und goss den Rest Champagner ein, erlaubt einem, ein Minimum an Selbstwertgefühl zu bewahren. Das ist wichtig.

Sie machte ein Gesicht. Die Scheibenwischer schafften es kaum, die unwahrscheinlich dicke Schneeschicht beiseitezuschieben, die sich immer wieder von neuem bildete.

Ist denn alles umsonst, sagte sie schließlich in einem Ton, in dem sie auch nach einem Leben nach dem Tod hätte fragen können.

Ein breites Lächeln erhellte Bretts Gesicht.

Der Mann, mit dem Joan in der Bar des Four Seasons verabredet war, wollte für sein Geld was geboten bekommen, da waren sie alle gleich. Aber dieser hier warf sich noch im Lift auf sie und vögelte sie im Stehen, nachdem er ihr den Rock hochgeschoben und seine Hose runtergelassen hatte. Sie ließ ihn machen, weil sie dachte, je schneller sie fertig wären, desto schneller käme sie nach Hause. Sie hatten in der Lounge ein paar Drinks genommen, was ihr nur recht gewesen war, anders hätte sie sein Gerede nicht so höflich ertragen können – zumal sie nicht in der Verfassung gewesen war, etwas Unterhaltsames oder Intelligentes von sich zu geben.

Als sie das Zimmer betraten, ging sie zu einem

opulenten Früchtekorb und nahm sich eine Mandarine, die sie nicht mehr schaffte zu schälen, weil er sie am Handgelenk packte, wortlos aufs Bett zerrte und wieder loslegte, ohne sich oder sie auszuziehen, noch nicht einmal die Schuhe.

Sie gab die Mandarine auf, sah ihr nach, wie sie unter den Sessel rollte, und ließ ihn machen. Sie starrte an die Decke, überzeugt, dass er nicht lange brauchen würde, um zum Schluss zu kommen, immerhin bohrte er schon seit gut zehn Minuten in ihr herum. Dann warf sie einen Blick über seinen dicklichen Rücken und sah, dass es immer noch und ohne Unterlass schneite.

Man konnte nie wissen, wann ein Kunde zum Ende kam, wenn er etwas genommen hatte. Das wiederum konnte man sich schnell denken, wenn er das dritte Mal fertig war und innerhalb der nächsten drei Minuten schon wieder ran wollte.

Es war Mitternacht, als sie aus dem Hotel kam. Sie konnte sich kaum auf den Beinen halten. Sie war leicht angetrunken – was nicht der einzige Grund für ihre Gleichgewichtsstörung war. Man versuchte, ihr ein Taxi zu rufen, aber die kamen nur langsam voran, trotz der städtischen Räumfahrzeuge, die sich über die großen Verkehrsachsen und durch die besseren Viertel arbeiteten.

All dieser Schnee. All dieses Weiß. Der Fahrer

verzog das Gesicht und warnte sie vor, er wisse nicht, ob er sie bis nach Hause bringen könne.

Sie antwortete, wir werden ja sehen, fahren Sie erst mal los, zur Not steige ich am Memorial aus, von da ist es nicht weit, ich muss unbedingt nach Hause.

Er fragte sie, ob das wirklich in Ordnung sei.

Aber ja, unbedingt, ich bitte Sie, fahren Sie nur, und bringen Sie mich weit weg von hier.

Sie hatte beim Gehen eine kleine Flasche Wasser mitgenommen, die sie in einem Zug leerte, während das Taxi die Abkürzung über die mit fünfzig Zentimeter Schnee bedeckte Common fuhr. Das Taxi war nicht sehr bequem, man spürte die Federung des Kunstledersitzes.

Sie nahm einen Anruf von John entgegen, der ihr erzählte, dass sie endlich die Typen gefasst hatten, die sich über Vickie hergemacht hatten.

Denen zeig ich es, sagte er, aber ich habe eine Frage. Also, soll ich Vickie das erzählen. Traumatisiert sie das nicht.

Sie wird es irgendwann erfahren.

Ja, das dachte ich auch. Aber ich wollte deine Meinung hören. Jetzt weiß ich, dass ich das Richtige tue.

Ja, und auf jeden Fall danke, John, danke für den ganzen Ärger, den du mir erspart hast.

Gern geschehen, kein Problem. Aber du solltest es jetzt mal langsamer angehen. Oder warten, bis ich Sheriff bin. Ich mach Witze.

Nein, ich habe auch dran gedacht. Bringe ich Unglück oder was.

Bring mich nicht zum Lachen, Joan. Bring mich nicht zum Lachen bei der Kälte, meine Lippen sind aufgeplatzt. Jedenfalls werden wir kein Mitleid mit denen haben. Brett hat mich vorhin angerufen, er meinte, es geht dir nicht gut.

Jetzt wird er aber kindisch.

Wenn John sie hätte sehen können, wie sie kraftlos im Taxi lag, hilflos, beinahe krank, und mitten durch Sibirien irrte, dann hätte er Brett ganz und gar nicht kindisch gefunden.

Der Fahrer, dem es gelungen war, die Brücke zu überqueren, fuhr jetzt im Schritttempo über den Memorial und erklärte, dass keine der Nebenstraßen befahrbar sei.

Als sie draußen einen Fuß aufsetzte, sank sie bis zum Knie im frischen Schnee ein. Sie verzog das Gesicht.

Sind Sie sicher, dass Sie das so machen wollen, rief er ihr nach, als sie zögerte, in ihren Stiefeletten und Seidenstrümpfen in eine Straße einzubiegen, in der massenhaft Schnee lag. Aber gut, sagte sie sich bibbernd, was blieb ihr anderes übrig, als es zu versuchen. Sie knöpfte ihren Webpelzmantel zu, senkte den Kopf und schritt voran.

Sobald das Taxi weg war, stapfte sie die Schlucht hoch, die vor ihr lag – die Häuser, die an die Straße grenzten, waren nicht mehr zu sehen, nur weiße, vorspringende Formen, ebenso die Autos, die rechts und links standen. Schon nach hundert Metern war sie erschöpft, bis zum Po durchnässt, jeder Schritt kostete sie Kraft, die Flocken wehten ihr in die Augen, die Nase, den Mund, sie knickte um und so weiter. Sie stöhnte mit zusammengebissenen Zähnen, verfluchte den Himmel, kein Mensch weit und breit, nichts bewegte sich. Niemand.

Eine einzige Quälerei. Schweißgebadet und halb erfroren kam sie an, atemlos. Was für eine Hölle, dieser Abend, dachte sie und schüttelte den Kopf, was für ein Horror. Sie hätte heulen können. Sie zog ihren Mantel aus und machte ein Feuer. Sie hatte erst gar kein Licht im Wohnzimmer angeschaltet, die Flammen genügten.

Sie schob das Kleid hoch, um sich die Beine aufzuwärmen, hoch bis zum Bauchnabel, und blieb so einen Moment stehen, in ihren perlgrauen Strümpfen und dem dazu passenden Höschen, das war das einzig Angenehme, das sie sich an diesem Tag gönnte, es war, als würde sie ihren Hintern an die Heizung pressen.

Schlafen geht nicht, rief Marlon von der Treppe. Sie ließ sofort ihr Kleid los.

Gucken wir *Planet der Affen*, fragte er mit hängendem Kopf.

Das ist das vierte Mal, Marlon, seufzte sie.

Sie rang kurz mit sich. Na gut, komm, sagte sie, als sie das niedergeschlagene Gesicht ihres Bruders sah.

Planet der Affen hatte den Vorteil, dass wenig geredet wurde. Man konnte den Film gucken, ohne hinzusehen, und dabei an etwas anderes denken, ohne vom Blabla der Figuren gestört zu werden.

Er warf ihr ein zaghaftes Lächeln zu, während sie es sich auf dem Sofa bequem machten, nicht weit vom Kamin, wo das Feuer in Gang gekommen war und nun gemächlich vor sich hin glühte. Es war kein offenes Lächeln, aber das Beste, was er seit dem Tod von Ann-Margaret für sie übriggehabt hatte. Sie nahm sich ein großes Glas Whiskey ohne Eis und lehnte sich zurück, während Marlon die Geräte einschaltete.

Der Film begann. Sie nahm ein paar Schlucke. Sie sah Marlon an, der sich zum Bildschirm vorlehnte. Im Grunde, sagte sie sich, war es, als würde man eine Mauer einreißen und dahinter auf die nächste prallen, die noch höher, noch dicker war, und vielleicht ging das immer so weiter, und Schreien nützte auch nichts. Vielleicht war das ein Problem, für das es keine Lösung gab. Eine Art schwarzes Loch.

Nach einer Stunde goss sie sich noch ein Glas ein. Marlon hatte sich entspannt und immer mehr an sie gelehnt, wie eine Stoffpuppe. Ihr war bewusst, wie sehr ihn das mitnehmen musste. Sie hatte selbst so manche schlimme Krise durchgestanden und wusste, dass es eine harte Zeit für ihn sein musste, was auch immer er sagte.

Der Schnee reichte fast bis an das Verandageländer heran, was bedeutete, dass am Morgen über ein Meter Schnee liegen würde, wenn es so weiterging. Marlon hatte seine Position verändert und lag jetzt mit angezogenen Beinen neben ihr. Auf dem Bildschirm ging es hoch her, die Affen verweigerten die Arbeit. Sie blickte auf Marlon, der am Gummibund seiner Socke zupfte, und streichelte ihm über den Kopf.

Plötzlich drehte er sich zu ihr, bevor sie nur ein Wort sagen konnte. Sie war wie gelähmt, stumm. Sie versteifte sich, aber er hatte schon eine Hand zwischen ihre Beine geschoben, und als er ihre Spalte berührte, hatte sie das Gefühl, als schöbe er seine komplette Hand in sie hinein, als packte er ihr Herz und zerquetschte es.

Sie stieß ihn von sich. Was machst du denn da, regte sie sich auf.

Mit klopfendem Herzen erhob sie sich vom Sofa.

Du bist wie alle anderen, sagte sie mit klangloser Stimme.

Sie bereute ihre heftige Reaktion sofort, aber es war zu spät, er wimmerte, und als sie sich ihm näherte, machte er einen Satz zurück und schloss sich in der Küche ein. Er weigerte sich, die Tür aufzumachen. Sie versuchte es mit jeder erdenklichen Tonart, eine Stunde lang, und als er endlich herauskam, saß sie am Tisch, im Halbdunkeln, und wartete auf ihn. Sie schoss ihm direkt ins Herz, dann richtete sie die Waffe gegen sich selbst. Es hatte nicht anders ausgehen können. Früher oder später wären andere Probleme aufgetaucht, und was sie sich aufgebaut hatten, wäre wieder im Chaos geendet. Seit wann war ihr klar gewesen, dass es keinen anderen Ausweg gab, hatte sie sich gefragt, beiläufig.

»Jede Art zu schreiben ist erlaubt –
nur die langweilige nicht.«

VOLTAIRE

Roman
Aus dem Französischen von Norma Cassau
208 Seiten
Auch erhältlich als eBook

Marc lebt mit seiner Schwägerin Diana in einer
Stadt am Meer und kümmert sich seit dem Tod
ihres Mannes leicht manisch, aber liebenswert
um sie. Eines Tages findet er am Strand drei prall-
volle Päckchen mit Koks. Er möchte die Ware für
gutes Geld verkaufen, doch bald läuft alles aus
dem Ruder. Freundschaften zerschellen, Liebe
flirtet mit Verbrechen – und mitten aus dem Chaos erwachsen überraschende neue Bindungen
und Gefühle.